Little Witch co.

FROM 2003
なんでも魔女商会

らくだい記者と白雪のドレス

あんびるやすこ

岩崎書店

もくじ

1 秋《あき》つみのダージリン……6

2 ひみつのおもいでボックス……18

3 らくだい記《き》者《しゃ》魔《ま》女《じょ》ジュルナ……27

4 ジュルナの「ひみつのおもいでボックス」……39

5 ポーとフー、箱《はこ》をのぞく……54

6 ジュルナにぴったりの色《いろ》は？……70
7 虹《にじ》の粉《こな》「プリズムパウダー」……79
8 おさいほう魔女《まじょ》ナーデル……90
9 白《しろ》いドレスを着《き》てみたら……104
10 ジュルナと銀《ぎん》色《いろ》のドラゴン……116
11 白《しら》雪《ゆき》のドレス……125
12 シルクの「ひみつのおもいでボックス」……134

なんでも魔女商会《まじょしょうかい》のおはなし

なんでも魔女商会《まじょしょうかい》リフォーム支店《してん》は、ふるいドレスをお直《なお》しで生《う》まれかわらせてくれるお店《みせ》。ほんとうにご用《よう》のある人《ひと》だけが、ほんとうにご用《よう》があるときにだけみつけられる魔法《まほう》がかかったこの店《みせ》には、いろいろなおきゃくさまがやってきます。うでのいいおさいほう魔女《まじょ》シルクは、ナナ、コットンといっしょに、すてきなお直《なお》しでどんな注文《ちゅうもん》にもこたえていきます。

シルク

なんでも魔女商会《まじょしょうかい》リフォーム支店《してん》の店主《てんしゅ》。口《くち》はわるいけれど、うではいいおさいほう魔女《まじょ》。

ナナ

ニンゲンの女《おんな》の子《こ》。おさいほうが大好《だいす》きで、シルクを手《て》伝《つだ》っている。

めしつかい猫《ねこ》。お茶《ちゃ》をいれさせたらピカイチ。アイロンがけもじょうず。

コットン

記者魔女《きしゃまじょ》ジュルナ

「魔女《まじょ》カルチャー」で記事《きじ》を書《か》いている記者魔女《きしゃまじょ》。ファッションはあまりとくいではない。

黒猫《くろねこ》のゆびぬき

魔法《まほう》のゆびぬき。トルソーをよびだしたり、スケッチブックの絵《え》にダンスをさせたりすることができる。

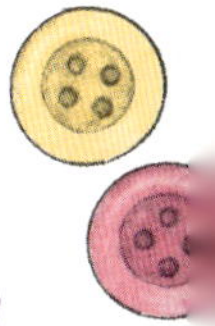

おさいほう魔女《まじょ》ナーデル

すばらしいししゅうをして有名《ゆうめい》になった、おさいほう魔女《まじょ》。

プリズムパウダー

虹《にじ》からつくったそめ粉《こ》。色《いろ》はつかないが虹色《にじいろ》にかがやく。

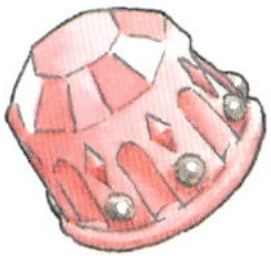

ピンク水晶《すいしょう》のゆびぬき

もうひとつの魔法《まほう》のゆびぬき。いっしゅんで着《き》がえさせられる。

FROM 2003
なんでも魔女商会

人間以外《にんげんいがい》なら、だれでも知《し》っている由緒《ゆいしょ》ただしい魔法《まほう》の店《みせ》。「リフォーム支店《してん》」のほかに「お仕立《した》て支店《してん》」や「星占《ほしうらな》い支店《してん》」など、いろいろな支店《してん》があり、せんもんの魔女《まじょ》がはたらいている。

おさいほう魔女《まじょ》カーラ

だれとも仲《なか》よく、つきあおうとしないおさいほう魔女《まじょ》。

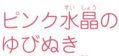

1

秋《あき》つみのダージリン

森《もり》をぬける風《かぜ》が、ナナのほっぺをひんやりひやすようになったころ。リフォーム支店《してん》には、あたたかくてホッとするストーブの香《かお》りがただよっていました。

「いらっしゃいませ、ナナさま」

コットンの声《こえ》が、いつものようにナナをむかえてくれます。コットンはついさっき、買《か》い物《もの》から帰《かえ》ってきたばかり。買《か》ってきた品物《しなもの》を買《か》い物《もの》ぶくろからだして、テーブルへならべているところでした。

「なにを買《か》ってきたの？　コットン」

ナナは魔法《まほう》の世界《せかい》の品物《しなもの》をみわたして、目《め》をかがやかせています。

「バターや小麦粉《こむぎこ》……。ティータイムのための、お菓子《かし》の材料《ざいりょう》でございます。ナナさま」

そういいながら、買《か》い物《もの》ぶくろの底《そこ》に手《て》をつっこむと、小《ちい》さなつつみをとりだして、にっこりわらいました。

「そうそう、これも買《か》ってまいりました。いましか手《て》にはいらない『秋《あき》つみのダージリン』でございます」

「ダージリンって、『ファーストフラッシュ』が有名《ゆうめい》よね？　コットン。それのこと？」

TEA TIME
Hourglass
Tea
Tea
Sugar
Milk
Tea strainer
Darjeeling

コットンのいれるおいしい紅茶《こうちゃ》を毎日《まいにち》のんでいるナナは、いまではすっかり紅茶《こうちゃ》にくわしくなっていました。けれど、コットンは首《くび》をよこにふります。

「いいえ、ナナさま。ファーストフラッシュは、春《はる》にはじめてつんだお茶《ちゃ》。これは秋《あき》のさいごにつんだお茶《ちゃ》でございます」

春先《はるさき》につむファーストフラッシュは高級《こうきゅう》で有名《ゆうめい》です。でも、秋《あき》につんだダージリンはお手《て》ごろな値段《ねだん》でしたし、あまり知《し》られていません。

「秋《あき》つみのほうが、こくておいしいのでございますよ。わたくしめのおすすめでございます！」

そうきくと、ナナも秋《あき》つみのダージリンをのんでみたくなりました。

ところが、シルクは肩《かた》をすくめています。

「わたしには、いつもどおり最高級《さいこうきゅう》のファーストフラッシュをいれてちょうだい」

そうきいて、コットンはためいきをつきました。

「もちろん、シルクさまには、ファーストフラッシュのダージリンをおいれします」

コットンは毎年《まいとし》、秋《あき》になるたびに秋《あき》つみのダージリンを買《か》ってくるのですが、シルクは口《くち》をつけようとさえしないのです。

「シルクったら、のんでみればいいのに。のまずぎらいはよくないわ」

ナナはあきれましたが、シルクはまったく気《き》にしないようすです。

「やっぱり、ダージリンは春《はる》つみでなくちゃ。ところでコットン、たのんでおいた雑誌《ざっし》は買《か》ってきてくれて？」

「はいシルクさま。さあ、どうぞ。おまちかねの『魔女《まじょ》カルチャー』今《こん》月号《げつごう》でございます」

それは、魔女《まじょ》のあいだで人気《にんき》のある雑誌《ざっし》で、コンサートや展覧会《てんらんかい》、そしてファッションやお料理《りょうり》、旅《たび》の記事《きじ》がたくさんのっています。

なかでもシルクが大好《だいす》きな記事《きじ》は「伝説《でんせつ》のおさいほう魔女《まじょ》にきく」で

す。これは、だれもが知《し》っている有名《ゆうめい》なおさいほう魔女《まじょ》に話《はなし》をきくインタビュー記事《きじ》。おさいほう魔女《まじょ》も、お洋服《ようふく》を売《う》っているマヌカン魔女《まじょ》も、おしゃれに熱心《ねっしん》な魔女《まじょ》なら、みんな毎月《まいつき》かかさずによんでいました。

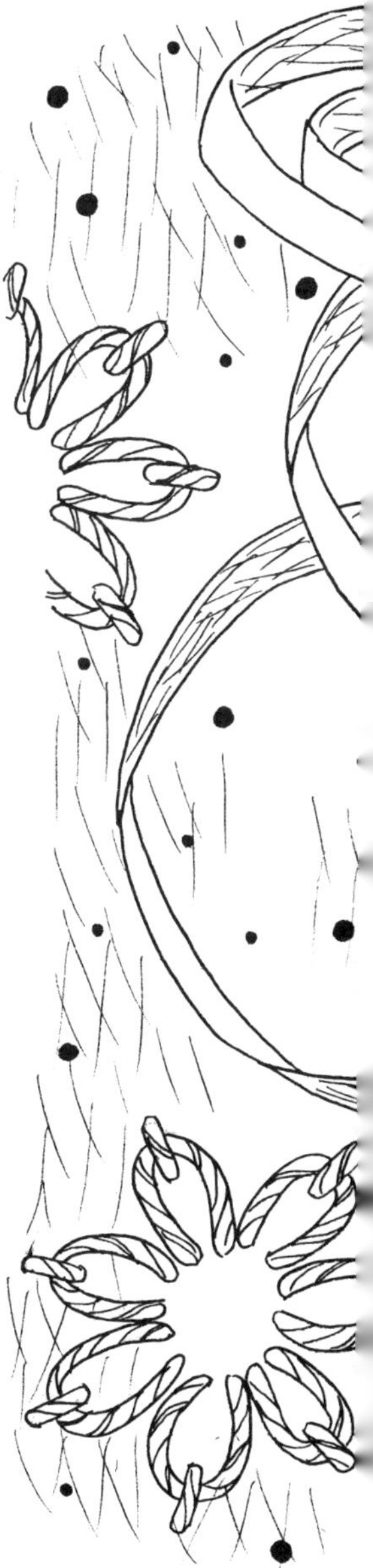

「今月《こんげつ》の伝説《でんせつ》のおさいほう魔女《まじょ》はナーデルよ。すばらしいししゅうをして有名《ゆうめい》になったおさいほう魔女《まじょ》なの」

雑誌《ざっし》をひらきながら、シルクがそうおしえてくれました。

「それはみごとなししゅうなのよ。まるでドレスからとびだしてきそうなししゅうでドレスをうめつくすこともあるわ。ほら、みてごらんなさいな。ナナ」

ナナが雑誌《ざっし》をのぞきこむと、美《うつく》しい写真《しゃしん》がのっています。ドレスのすそから胸元《むなもと》までのびるポピーの花《はな》のししゅう。その花《はな》のあいだをまいとぶちょうが、いまにもドレスからとびたっていきそうにみえました。

「わあ、シルクのいうとおりね。すてきなししゅうだわ」

「ナーデルは、ドレスだけでなく、いろいろなものにししゅうをするの。手《て》ぶくろや、スカーフ、ぼうしやくつしたにもよ。しっそなくらしが好《す》きなナーデルは、パーティーによばれたときに、身《み》につける宝石《ほうせき》をもっていなかったの。それで、宝石《ほうせき》のかわりにドレスの胸元《むなもと》にししゅうをして、でかけたのよ。そのうでまえが評判《ひょうばん》になって有名《ゆうめい》になったの」

コットンも記事《きじ》をのぞきこみながら、こうつづけます。

「いまでもナーデルどのは宝石《ほうせき》をもっていないそうでございます。ししゅうは宝石《ほうせき》より美《うつく》しい、というのがナーデル

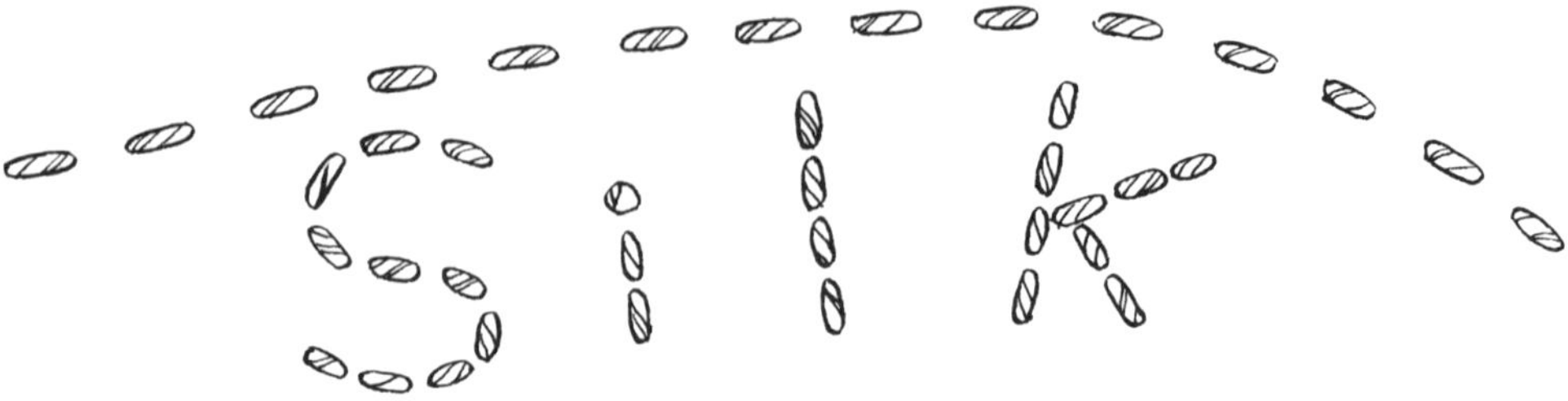

どののおかんがえですから。このインタビューでも、きっとそのお話《はなし》をなさったでしょう」

ところが……。

記事《きじ》をよみはじめたシルクは、まゆをよせて首《くび》をかしげました。

「今月《こんげつ》の記事《きじ》はなんだかおかしいわ……」

そこには、ナーデルのししゅうをほめたたえることばは、みあたりません。それどころか、ししゅうなんて実用《じつよう》的《てき》でないとか、せんたくできないとか、魔女《まじょ》はもっとシンプルな服《ふく》をきるべきだとか、とんでもないことがかいてあったのです。

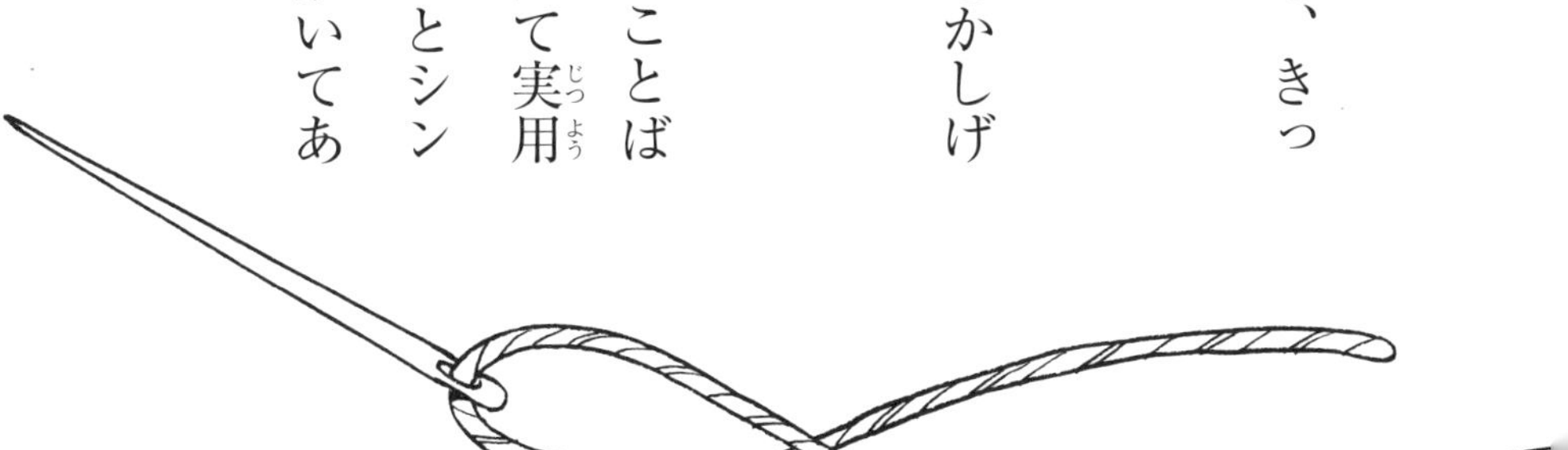

尊敬《そんけい》するおさいほう魔女《まじょ》ナーデルをけなされて、

シルクは、はらをたてました。

「なんて失礼《しつれい》なのかしら！　先月号《せんげつごう》までは、伝説《でんせつ》のおさいほう魔女《まじょ》をほめたたえるよい記事《きじ》だったのに」

コットンも目《め》を丸《まる》くしています。

「先月《せんげつ》とおなじ記者《きしゃ》がかいたとはおもえません」

そうきいて、ナナももう一度記事《どきじ》をのぞきこみました。でもナナは、記事《きじ》の

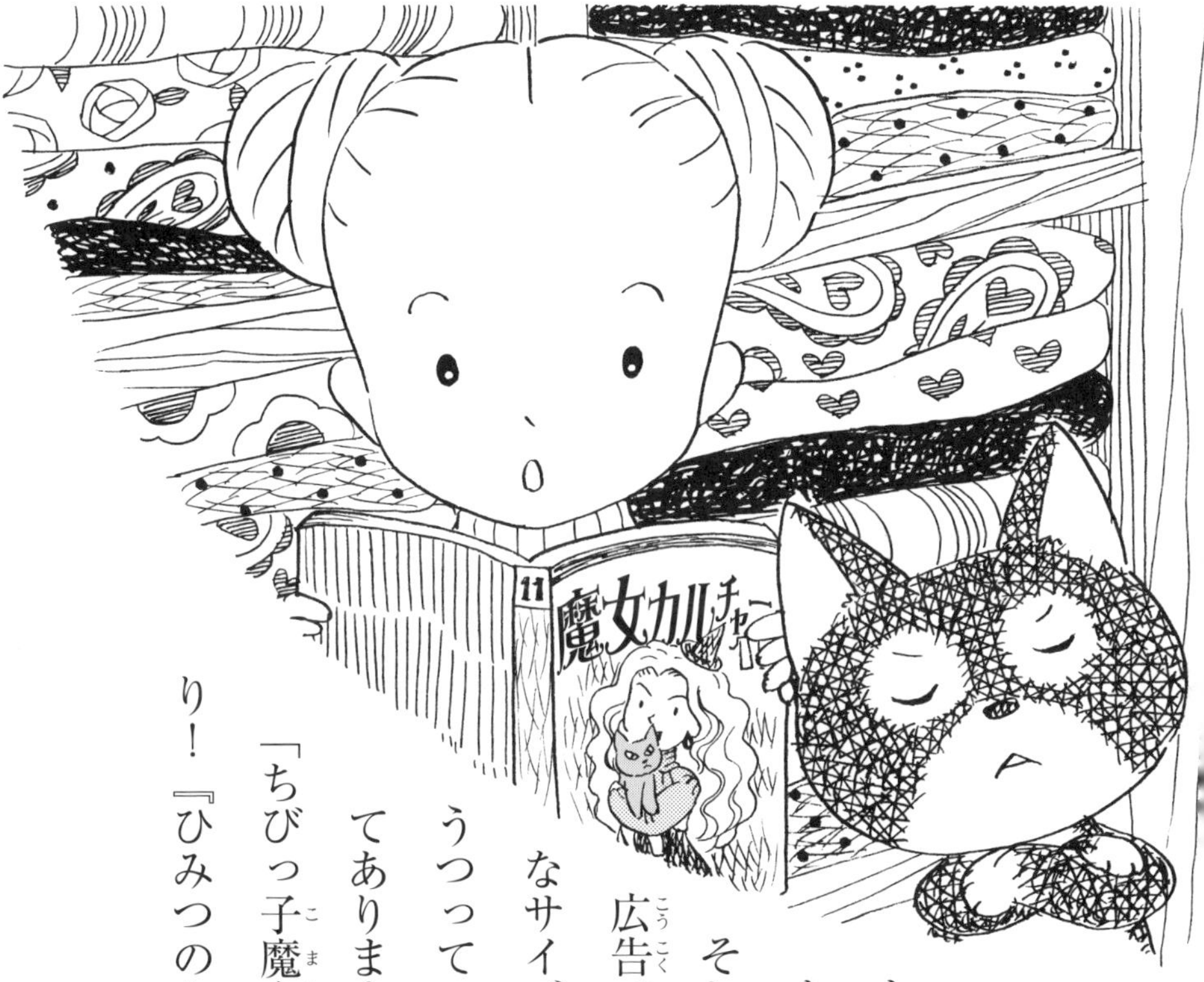

下《した》にある広告《こうこく》をみつけると、その写真《しゃしん》にすっかり目《め》をうばわれてしまうのです。

それは、魅力的《みりょくてき》な美《うつく》しい箱《はこ》の広告《こうこく》でした。写真《しゃしん》にはいろいろなサイズの箱《はこ》がいくつもならんでうつっていて、そのうえにこうかいてあります。

「ちびっ子魔女《こまじょ》へのプレゼントにぴったり！『ひみつのおもいでボックス』」

2

ひみつのおもいでボックス

ナナは、「ひみつのおもいでボックス」の広告《こうこく》をじっとのぞきこみました。そこには、箱《はこ》をもった子《こ》どもの魔女《まじょ》の絵《え》があって、ふきだしがでています。セリフはこうです。

「『ひみつのおもいでボックス』で、未来《みらい》の自分《じぶん》にメッセージをおくろう！」

それをよむと、ナナはますます、この箱《はこ》のことが知《し》りたくなりました。

「ねえ、コットン。『ひみつのおも

いでボックス』ってなあに？」

　すると、コットンはにっこりとナナをみあげました。

「魔女《まじょ》の世界《せかい》では『ひみつのおもいでボックス』は、子《こ》どものころ、だれもが一個《こ》は買《か》ってもらう箱《はこ》でございます」

　それは、自分《じぶん》にとって大切《たいせつ》なおもいでの品物《しなもの》をしまっておく箱《はこ》でした。箱《はこ》にはかぎがかけられますが、一回《かい》ひらくと二度《ど》とかぎはかかりません。ですから、いったん箱《はこ》にしまったおもいでは、ここぞ！　というときや、なにかの記念日《きねんび》にかぎをあけて

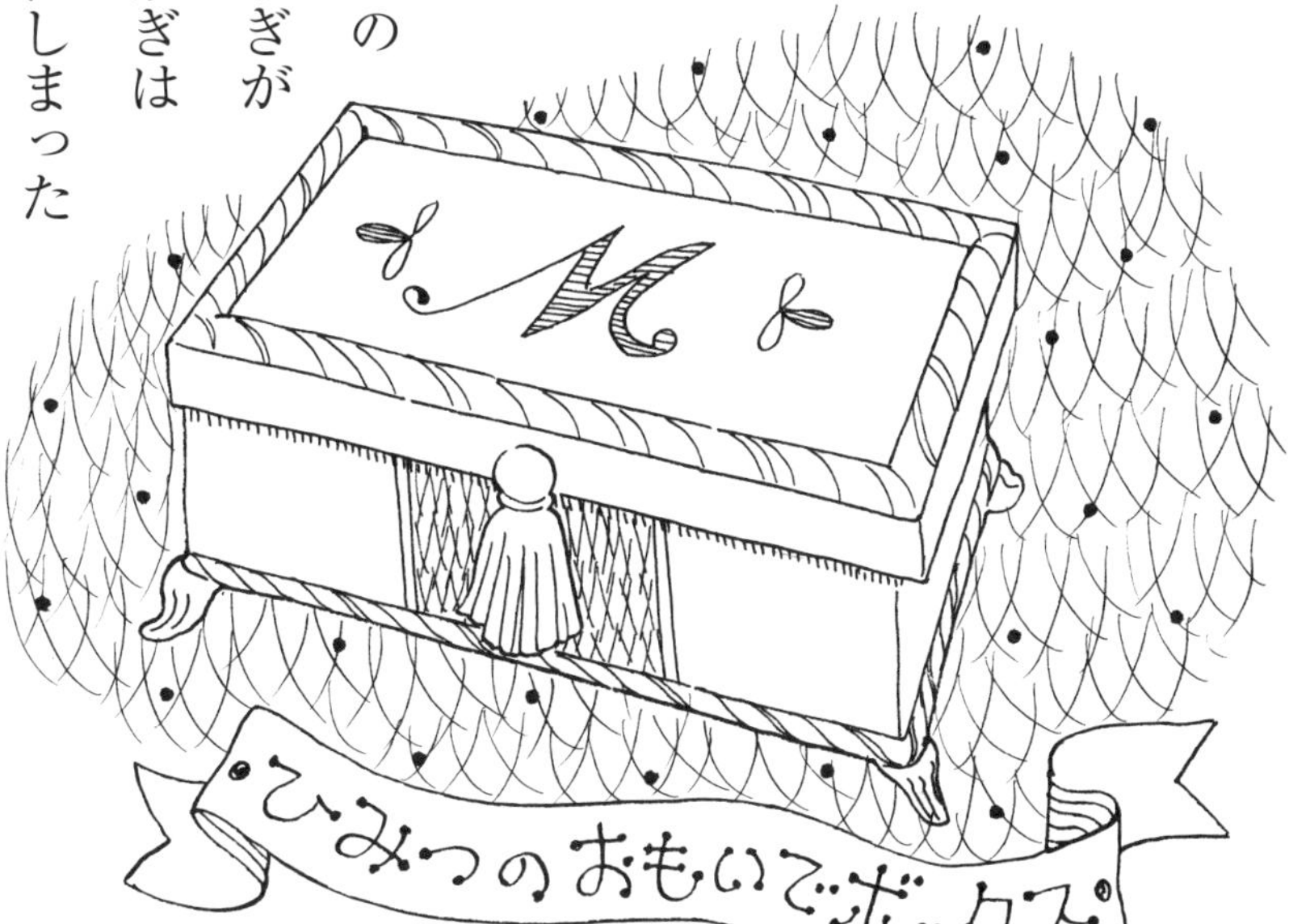

とりだす、というわけです。

「一年《ねん》もたたないうちにあけてしまう魔女《まじょ》もおりますが、おとなになるまで、あけないときめている魔女《まじょ》もすくなくございません」

そうきいて、ナナは大《おお》きくうなずきました。

「だから、未来《みらい》の自分《じぶん》にメッセージをおくることになるのね」

箱《はこ》のなかには「未来《みらい》のわたしへのメッセージ」というカードがはいっています。このカードに自分《じぶん》への手紙《てがみ》をかくのです。ナナは、学校《がっこう》の庭《にわ》にうめたタイムカプセルのことをおもいだしました。

「ところで、ナナさま。この箱《はこ》がおもしろいのは、なんといっても『かぎ』でございますよ」

箱《はこ》のかぎは「声《こえ》とことば」でした。箱《はこ》のもち主《ぬし》が自分《じぶん》できめたことば

Magic
BOX

で呪文《じゅもん》をかけると、おなじ声《こえ》でおなじことばをいわないかぎり、箱《はこ》のかぎはあかないのです。

でも、ナナはすこし心配《しんぱい》になりました。

「おとなになったころ、呪文《じゅもん》をわすれてしまっていたら？」

するとコットンはあっさりといいました。

「ええ、ナナさま。それもよくあることでございます。でも、おもいでは心《こころ》のなかにあっても、かぎのあかない箱《はこ》のなかにあっても、にたようなものでございましょう……」

それから、コットンはなにかおもいだして戸《と》だなをあけました。

「たしか、リフォーム支店《してん》にもひみつのおもいでボックスがございました」

そういって、コットンは
箱《はこ》をふたつとりだしたのです。
「ひとつはシルクさまの、
もうひとつは
わたくしめので
ございます」
それをみると、
シルクがおどろいて
さけびました。
「まあ！　どこにあったの？」

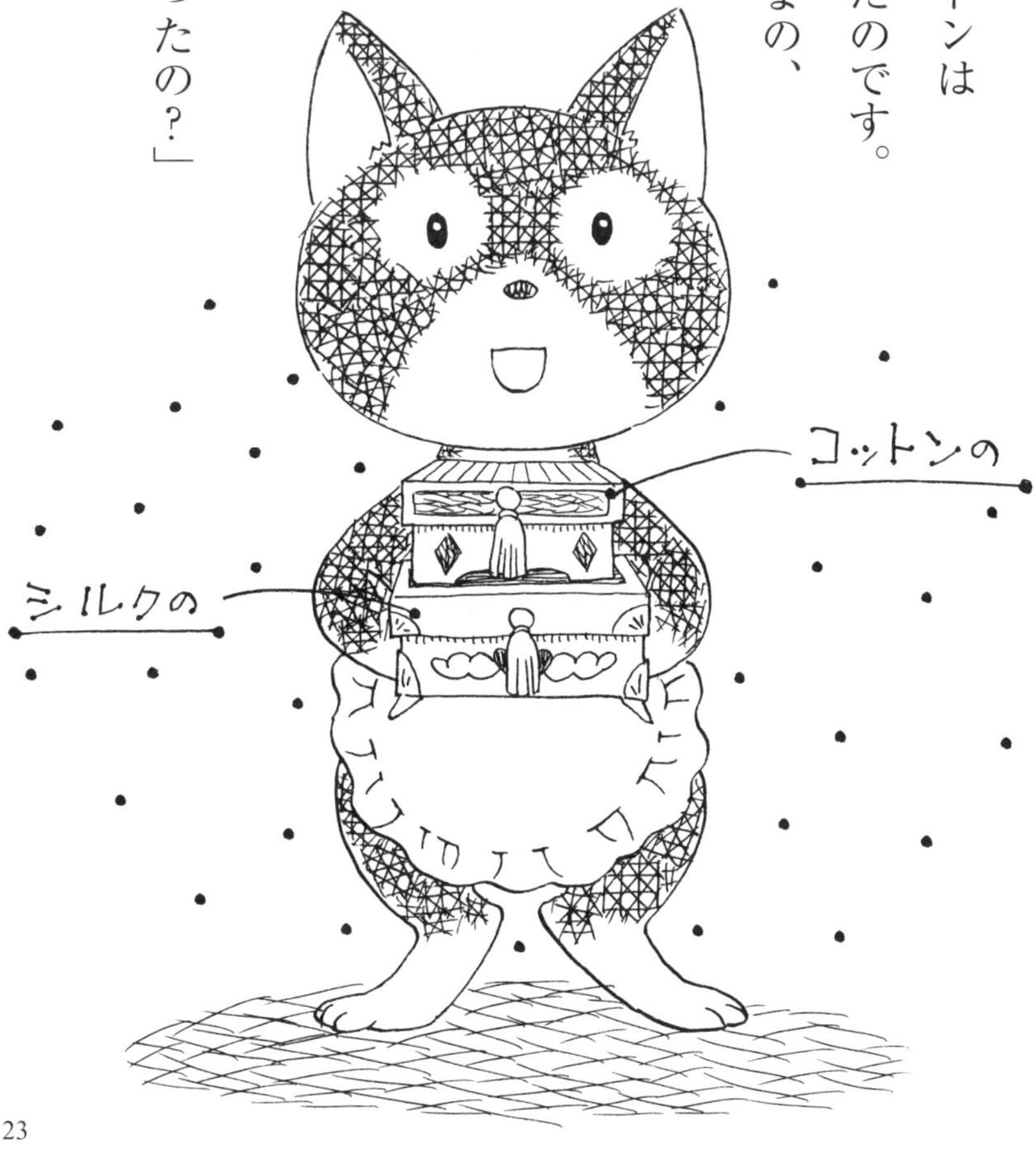

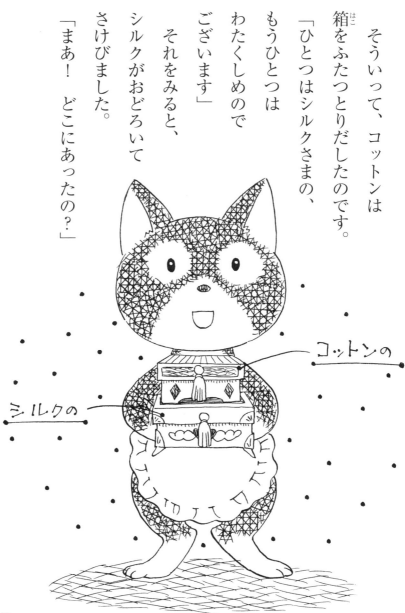

「シルクさまの箱《はこ》は、魔《ま》法《ほう》のかぎの部《へ》屋《や》をかたづけたときにみつけて、とっておきました」

「なにがはいっているの？　シルク」

ナナが身《み》をのりだしてそうきくと、シルクは人《ひと》差《さ》し指《ゆび》をまゆのまんなかにおしあてました。

「……たしか、おさいほう魔《ま》女《じょ》になるってきめたころに、なにかいれたはずよ。でも、なにを

しまったのか、ぜんぜんおぼえてないわ。たいていは、いつまでもおぼえていたいできごとに、まつわる品物《しなもの》をいれるのよね。たとえば、はじめてほうきでとべるようになった日《ひ》に、木《き》の上《うえ》の鳥《とり》の巣《す》からもってきた羽《はね》とか……」

すると、コットンがなつかしそうに、こういいました。

「わたくしめはアイロンでこがしてしまったハンカチをいれました。はじめてアイロンがけした日《ひ》のことでございます。いつか完璧《かんぺき》なアイ

ロンがけができるようになって、そんな失敗《しっぱい》をなつかしくおもえる日《ひ》がきたら、箱《はこ》をあけたいとおもっています。いまはまだ、修行中《しゅぎょうちゅう》でございますから」

それをきいて、ナナもシルクも、そんな日《ひ》がくることはなさそうだとおもいました。コットンのアイロンがけは、もうじゅうぶん完璧《かんぺき》だったからです。

と、そのとき。ドアをノックする音《おと》がきこえてきました。

3

らくだい記者《きしゃ》魔女《まじょ》ジュルナ

コットンがドアをあけると、そこにはひとりの魔女《まじょ》が立《た》っていました。黒《くろ》とグレーのしましまのワンピースを着《き》た若《わか》い魔女《まじょ》で、おせじにもオシャレとはいえません。その魔女《まじょ》は、どうどうとしたようすで、リフォーム支店《してん》をぐるりとみまわしました。

「なるほど、ここがリフォーム支店《してん》ね。おもっていたより小《ちい》さいわ」

失礼《しつれい》なことばに、愛想《あいそ》の悪《わる》いシルクの顔《かお》が、ますますしぶくなります。

そんなシルクをみつめると、その魔女《まじょ》はこういいました。

「あなたがおさいほう魔女《まじょ》のシルクね。わたしはジュルナ。記者魔女《きしゃまじょ》よ。『魔女《まじょ》カルチャー』で記事《きじ》をかいているの」

さっきまでよんでいた雑誌《ざっし》の記者《きしゃ》だと知《し》って、シルクとナナはおどろいて顔《かお》をみあわせました。そんなふたりのまえで、ジュルナはさっそくお直《なお》しするドレスをとりだします。

シルクは、そのワンピースと記《き》者《しゃ》魔《ま》女《じょ》のジュルナをみくらべました。

「いま着《き》ているワンピースと、このワンピース、とてもよくにているわね、ジュルナ」

シルクがそういうと、ジュルナはとくいそうにうなずきました。

「にているんじゃないわ。まったくおなじなのよ」

そして、こうつづけたのです。

「このほかに、おなじワンピースがあと五着《ちゃく》あるの。それ以外《いがい》に服《ふく》はもっていないわ。だって、いろいろもっていたら、毎朝《まいあさ》どれを着《き》ようかとかんがえなくちゃならないでしょ？　そんなの時間《じかん》のむだだもの」

　そうきいて、ナナは目《め》を丸《まる》くしました。

「時間《じかん》のむだ？　わたしはたのしいけど……」

　すると、ジュルナはナナをあわれむような目《め》でみたのです。

「ファッションのために、だいじな時間《じかん》を使《つか》うなんて、なげかわしいわ。時間《じかん》は、もっとすばらしいことのために使《つか》わなくちゃ。わたしはファッションやオシャレにはまったく興味《きょうみ》がないの、だって……」

そこまできくと、シルクはジュルナのことばをさえぎりました。

「よくわかったわ、ジュルナ。でも、それならどうしてここへきたの？

ジュルナには、お直《なお》しはひつようないんじゃなくて？」

するとジュルナは、大《おお》きくうなずきました。

「そのとおりよ、シルク！　わたしはそういったの。でも編集長《へんしゅうちょう》がどうしても、リフォーム支店《してん》で、服《ふく》をお直《なお》ししなさいっていうから……」

そういって、ジュルナは口《くち》をとがらせて、こうつづけます。

「編集長《へんしゅうちょう》からこういわれたのよ。

『ファッション記者《きしゃ》らしくみえる服《ふく》にお直《なお》ししてもらいなさい』ですって」

そうきいて、シルクとナナはおどろきました。正直《しょうじき》いってジュルナはやぼったい魔女《まじょ》で、とてもファッション記者《きしゃ》にはみえなかったからです。それに、オシャレは時間《じかん》のむだだという魔女《まじょ》が、どうしてファッション記事《きじ》をかいているのでしょう。

するとそのとき、ジュルナがテーブルのうえの「魔女《まじょ》カルチャー」に気《き》がつきました。

ひらいているページが「伝説《でんせつ》のおさいほう魔女《まじょ》にきく」だと知《し》ると、とくいそうに腰《こし》に手《て》をあてます。

「わたしの記事《きじ》読《よ》んだ？　なかなかいいでしょ？
ナーデルっておさいほう魔女《まじょ》、有名《ゆうめい》らしいけど、
たいした
ことないわ。

ただなんにでも
ししゅう
したがるだけよ」
　ジュルナがこの失礼《しつれい》な記事《きじ》を
かいた本人《ほんにん》だと知《し》ると、シルクの
イライラは、いまにも
爆発《ばくはつ》しそうになりました。
「とんでもない！　ナーデルはすばらしい
おさいほう魔女《まじょ》よ。ジュルナはファッション記者《きしゃ》には
むいてないわ！」

シルクがそういっても、ジュルナは肩《かた》をすくめただけでした。そして、正直《しょうじき》にこういったのです。

「むいてなくてけっこうよ。だってわたしは、ほんとうは美術記者《びじゅつきしゃ》なんですもの。『魔女《まじょ》カルチャー』で絵《え》や彫刻《ちょうこく》の記事《きじ》をかいていたのよ。でも、編集長《へんしゅうちょう》はわたしの記事《きじ》をけなしてばかり。おまけにわたしのことを『らくだい記者《きしゃ》』ってよぶの。わたしがかいた記事《きじ》はおしつけがましくて、きちんと相手《あいて》の話《はなし》をきいてないですって。失礼《しつれい》でしょ？」

そうきかれても、シルクもナナもコットンもだまっていました。編集《へんしゅう》長《ちょう》のいうとおりだとおもったからです。でも、ジュルナはだれもうなずいてくれなくても、気《き》にしたりはしませんでした。そして大《おお》きなため息《いき》をつくと、話《はなし》をつづけたのです。

「そういうわけで、美術記者《びじゅつきしゃ》をクビになって、ファッション記者《きしゃ》になったってわけなのよ。ファッション記者《きしゃ》がほうきからおちて入院《にゅういん》して、いそいでかわりの記者《きしゃ》がひつようになったから、わたしがなったの」

そうきいて、先月号《せんげつごう》までの記事《きじ》はおもしろかったのに、今月《こんげつ》からきゅうにひどい記事《きじ》になった理由《りゆう》がわかりました。

いままでの話《はなし》も十分失礼《じゅうぶんしつれい》だったのに、ジュルナはさいごにこういいました。

「絵《え》や彫刻《ちょうこく》は美術館《びじゅつかん》にかざられて一〇〇〇年《ねん》だって鑑賞《かんしょう》されるのよ。でもファッションはどう？　毎年《まいとし》流行《りゅうこう》がかわって、きょうはやっていたドレスも、あしたには価値《かち》がなくなるじゃない。そんなくだらないものの記事《きじ》なんて、わたしはかきたくないわ。このワンピースだって、ほんとうはお直《なお》ししたくないのよ」

そういって、ジュルナはワンピースをおいて帰《かえ》ったのです。けれど、そのワンピースを、シルクはさわろうとさえしませんでした。

「らくだい記者魔女《きしゃまじょ》のワンピースなんて、お直《なお》しする気《き》になれないわ」

ナナもコットンも、シルクがそういうのも、むりもないとおもいました。

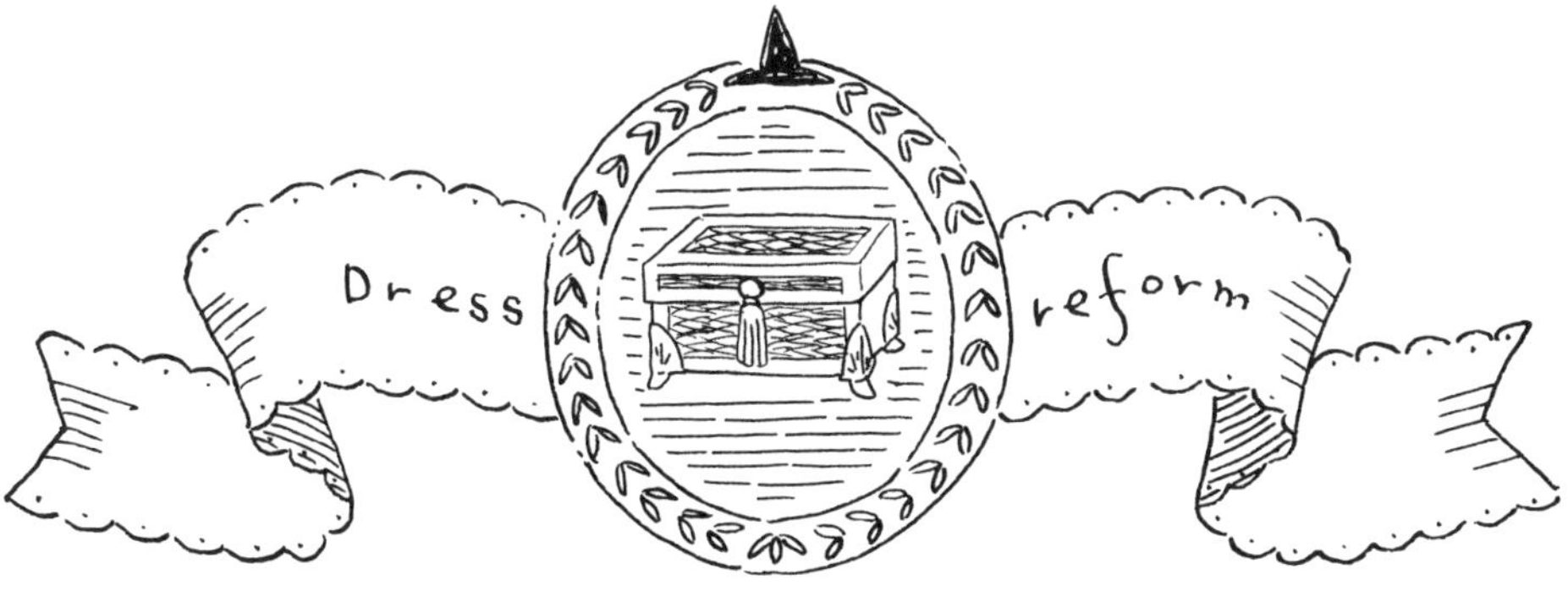

4

ジュルナの「ひみつのおもいでボックス」

つぎの日《ひ》のこと。

リフォーム支店《してん》のドアを、もう一度《ど》ジュルナがたたきました。

でも、そのようすは、きのうとはちがっています。ガックリと肩《かた》をおとして、いまにも泣《な》きだしそうでした。

「これは、ジュルナどの。いらっしゃいませ」

「どうしたの？　ジュルナ」

やさしいナナは、心配《しんぱい》そうに、ジ

ユルナを店《みせ》にまねきいれました。

「『魔女《まじょ》カルチャー』の今月号《こんげつごう》をよんだ魔女《まじょ》たちから、たくさん苦情《くじょう》がとどいたの。わたしがかいた『伝説《でんせつ》のおさいほう魔女《まじょ》にきく』の記事《きじ》よ」

それをきいて、シルクもコットンも、「やっぱりね」とおもいました。

すばらしいおさいほう魔女《まじょ》ナーデルをあんな風《ふう》にけなしたのですから、みんながおこるのもあたりまえです。ジュルナはますますうつむいて、こうつづけました。

「編集長《へんしゅうちょう》もおこって、

つぎの
記事《きじ》も
うまくかけなかったら、
こんどこそほんとうにクビに
するって……」

それをきいて、シルクとナナと
コットンは顔《かお》をみあわせました。
どうやらジュルナには、
ほんとうに記者《きしゃ》の才能《さいのう》が
ないようです。そして、コットンが
いいづらそうに、こうたずねました。

「ジュルナどのは、どうしてそんなに記者《きしゃ》の仕事《しごと》をつづけたいのですか？」

するとジュルナは泣《な》きだしそうな顔《かお》になりました。

「わたしの夢《ゆめ》はずっと、美術記者《びじゅつきしゃ》になることだったんですもの。らくだい記者《きしゃ》ってよばれてもいいの。

いつかまた美術記者《びじゅつきしゃ》にもどれるならね」

と、うなだれて、こうつづけます。

「わたしがやりたいのは、

美術《びじゅつ》の記事《きじ》をかくことだけ

じゃないの。その記事《きじ》をよむ人《ひと》たちに、まだ知《し》られていないすばらしい画家《がか》を知《し》ってもらうことなのよ。みんなにしょうかいしたい新人画家《しんじんがか》がいっぱいいるのに……。記者《きしゃ》をやめたら、それができなくなってしまうわ」

自分《じぶん》が記事《きじ》をかくことで、新人画家《しんじんがか》をかがやかせたい、それがジュルナのねがいだったのです。

それを知《し》ったシルクとナナ、コットンは、ジュルナをすこしみなおしました。

そしてはじめて、ジュルナを気《き》の毒《どく》におもったのです。

そこで、シルクはこういいました。

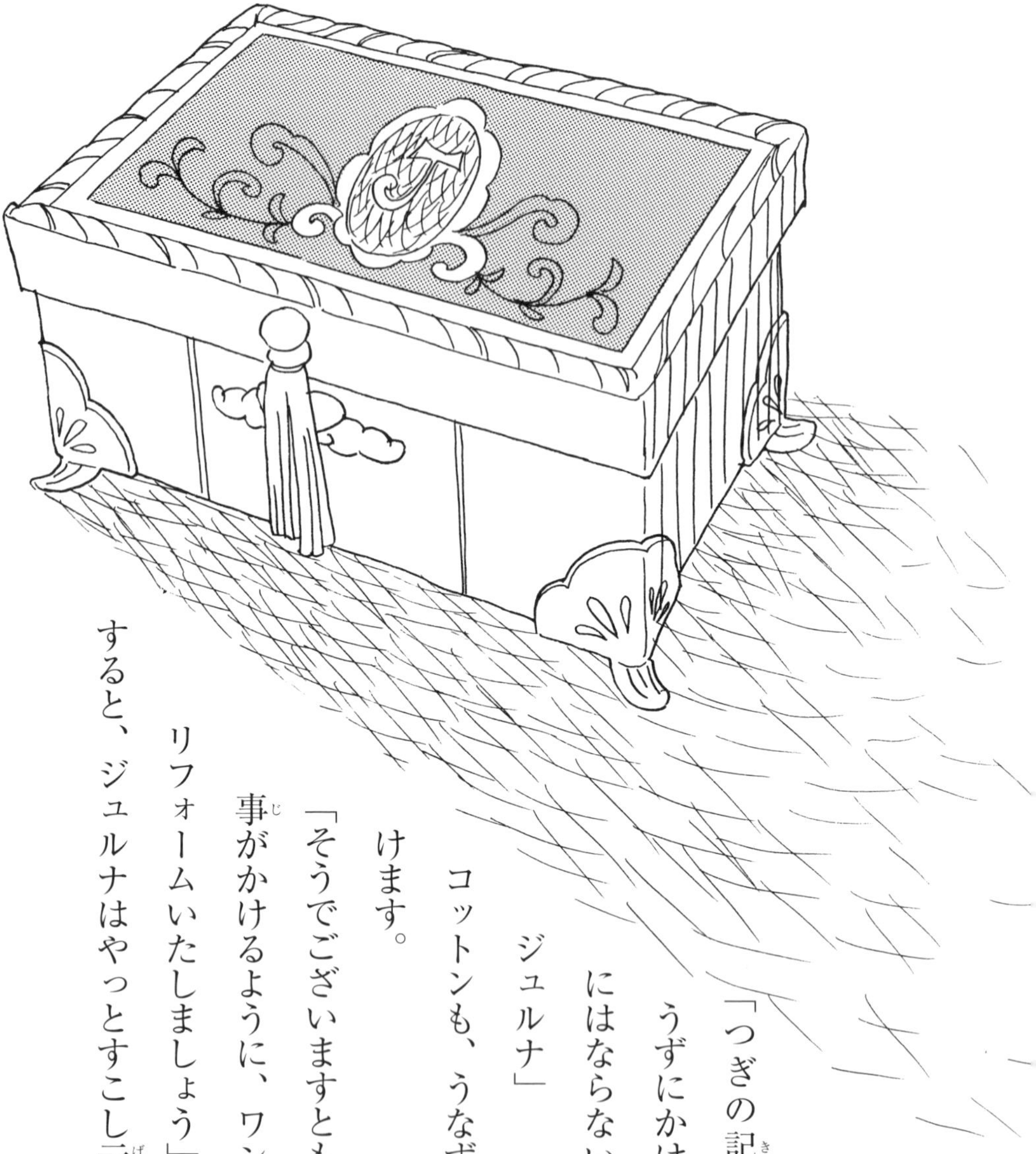

「つぎの記事《きじ》をじょうずにかけば、クビにはならないわよ。ジュルナ」

コットンも、うなずいてつづけます。

「そうでございますとも。よい記《き》事《じ》がかけるように、ワンピースをリフォームいたしましょう」

すると、ジュルナはやっとすこし元気《げんき》をとりもどしました。そしてバッグから小《ちい》さな箱《はこ》をとりだして、シルクにわたしたのです。その箱《はこ》をみて、ナナが小《ちい》さくあっと声《こえ》をあげました。

「ひみつのおもいでボックス」だったからです。箱《はこ》をうけとったシルクに、ジュルナはこういいました。

「きょうきたのは、これをわたしたかったからなの。『伝説《でんせつ》のおさいほう魔女《まじょ》にきく』の記事《きじ》をよんだママがこれをおくってきたのよ。あの記《き》事《じ》のこと、すごく怒《おこ》られたわ。そして、この箱《はこ》のなかにいれたおもいでをおもいだしなさいっていわれたの」

そこで、コットンがジュルナをじっとみあげました。

「それは、どんなおもいでででございますか？　ジュルナどの」

ところが、ジュルナは首《くび》をよこにふるばかりです。

「それが……。おもいだせないのよ、コットン。ママにもそういったけど、『それをおもいだすことがたいせつだ』っていわれただけ。それから、こうもいわれたわ。『箱《はこ》のなかにいれたおもいでの品物《しなもの》や、かぎの呪文《じゅもん》のことばをおもいだせれば、きっとよい記事《きじ》がかけるわよ、ジュルナ』って」

そうきくと、箱《はこ》の中身《なかみ》がますます気《き》になります。

「ねえ、ジュルナ。この箱《はこ》のなかにはいっているのは、お洋服《ようふく》のお直《なお》しに使《つか》えそうなものかしら?」

そういうナナに、ジュルナは小《ちい》さくうなずきました。

「そうかもしれないっておもったからもってきたのよ。でも、箱《はこ》をあける呪文《じゅもん》もわすれてしまったし、あけることができないの。箱《はこ》をこわしてなかをみてちょうだい」

そういわれても、気《き》がすすまないようすのシルクの手《て》を、ジュルナがにぎりました。

「おねがいよ、おさいほう魔女《まじょ》シルク。つぎの記事《きじ》は、どうしてもじょうずにかきたいの。それには、つぎにインタビューする伝説《でんせつ》のおさいほう魔女《まじょ》に気《き》にいられなくちゃ。そうなれるように、お直《なお》しをしてほしいのよ。もしその箱《はこ》のなかにリフォームに役立《やくだ》つものがはいっていたら、どうぞ使《つか》ってちょうだい！」

シルクはギュッと口《くち》をむすんでから、ジュルナをみつめました。

「来月号《らいげつごう》でインタビューする伝説《でんせつ》のおさいほう魔女《まじょ》はだれなの？　ジュルナ」

するとジュルナはすぐにこたえます。

「おさいほう魔女《まじょ》カーラよ」

カーラと名前《なまえ》をきいたとたん、シルクとコットンは顔《かお》をみあわせて、だまりこみました。

カーラはだれとも仲《なか》よくつきあおうとしないことで有名《ゆうめい》でした。とてもかわり者《もの》のおさいほう魔女《まじょ》なのです。

もちろんジュルナ

は、カーラがそんなかわり者《もの》だとはまだ知《し》りませんでした。

「カーラへのインタビューは一〇日後《とおかご》よ。そのまえに、お洋服《ようふく》をとりにくるわ」

そう約束《やくそく》すると、ジュルナは帰《かえ》っていってしまいました。

「どんなリフォームがいいのかしら?」

ジュルナをみおくったあと、シルクたちは、すっかりかんがえこんでしまいます。

なにより、ジュルナが
ファッションをにがてな
ことが大問題《だいもんだい》です。
そこで、ナナはこう
いいました。
「ジュルナが、絵《え》や彫刻《ちょうこく》と
おなじくらいに、
ファッションを好《す》きに
なれちゃう服《ふく》に
リフォームするのは
どうかしら？」

「それはよいアイデアでございますが……ナナさま。『にがて』を『好《す》き』にできるものでございましょうか？」

そのことばに、シルクもため息《いき》をつきました。

「そのとおりだわ、コットン。人《ひと》のきもちをかえることは、むずかしいものよ」

そして、じっと「ひみつのおもいでボックス」をみつめたのです。このなかに、かたくななジュルナのきもちをかえるものがはいっている気《き》がしてなりません。

「この箱《はこ》をあけることができれば、よいアイデアがおもいつくかもしれないわ。箱《はこ》をこわしてしまおうかしら………」

ジュルナは箱《はこ》をこわしてあけてもよいと、いっていました。けれど、ジュルナのママは、箱《はこ》をあける「かぎの呪文《じゅもん》」をおもいだすことがだいじ、とジュルナにいったのです。箱《はこ》をこわしてしまったら、「かぎの呪《じゅ》文《もん》」は、わからないままになってしまいます。

「やっぱりこわすことはできないわ。どうにかして、箱《はこ》のなかをみる方《ほう》法《ほう》はないかしら？」

シルクがそういうと、コットンがなにかをおもいついて、あっとさけ

びました。

「それなら、オバケのきょうだいのポーとフーにたのむのは、いかがでしょう？　シルクさま」

そのアイデアに、シルクもナナも、顔《かお》をかがやかせます。オバケたちは、どんなかべも、すうっととおりぬけることができるからです。ナナは、ポーとフーがリフォーム支店《してん》にやってくるときに、いつもドアをあけずにとおりぬけて、はいってきたことをおもいだしました。

「コットンのいうとおりよ！　シルク。ポーとフーなら、箱《はこ》に顔《かお》をつっこむだけで、なかのものがみえるはずよ」

5

ポーとフー、箱《はこ》をのぞく

そうしてまたつぎの日《ひ》のこと。

ナナはいつもよりすこしだけワクワクしながら、リフォーム支店《してん》のドアをあけました。

その赤《あか》いドアのむこうに、ひさしぶりにみる顔《かお》がまっていたからです。

「ポー！　フー！　しばらくぶりね。あえてうれしいわ」

そういいながら、ナナが店《みせ》にはいっていくと、白《しろ》いハンカチをつまんだようなものがふたつ、ふわふわう

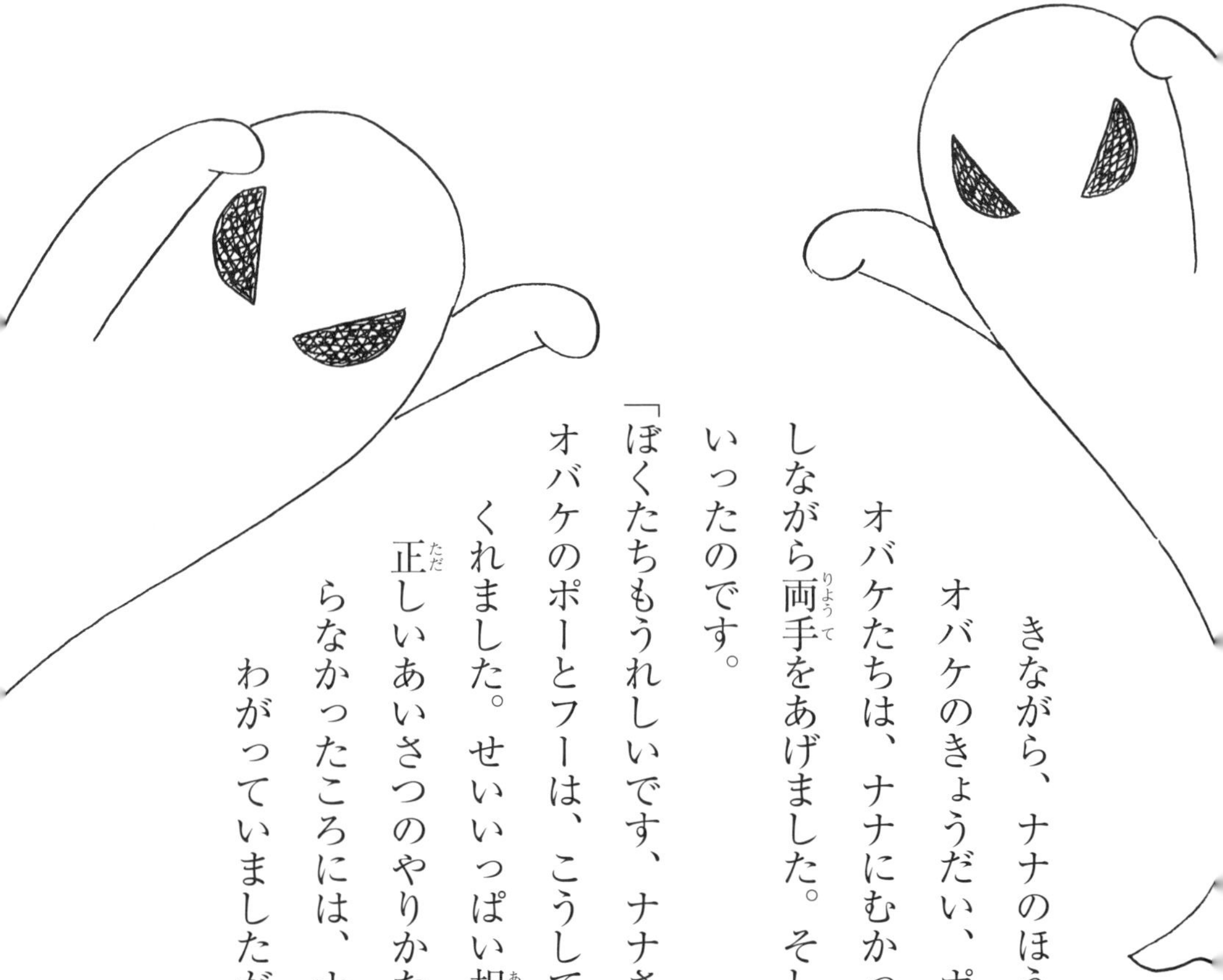

きながら、ナナのほうへやってきました。シーッ
　オバケのきょうだい、ポーとフーです。

　オバケたちは、ナナにむかって、ぎゅーんと身体《からだ》をのばしながら両手《りょうて》をあげました。そして目《め》を三角《さんかく》にすると、こういったのです。

「ぼくたちもうれしいです、ナナさん。ベロベローン！」

　オバケのポーとフーは、こうしてオバケ風《ふう》のあいさつをしてくれました。せいいっぱい相手《あいて》をおどろかすのが、礼儀《れいぎ》正《ただ》しいあいさつのやりかただからです。そのことを知《し》らなかったころには、ナナはおどろかされるのをこわがっていましたが、いまはもう、ちがいます。

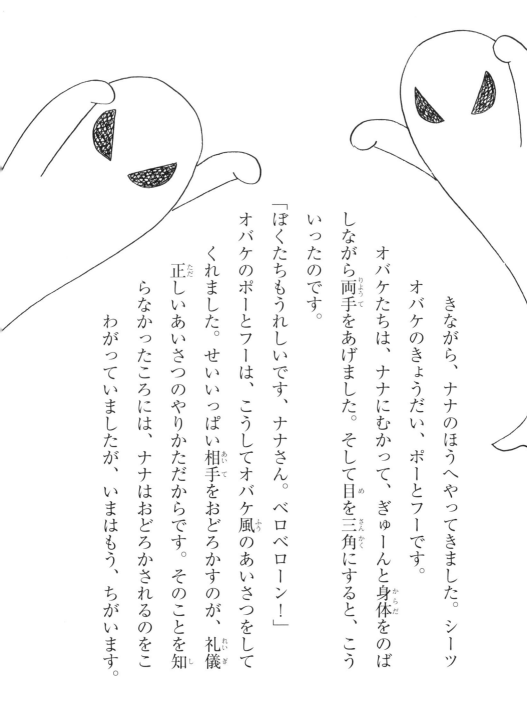

「りっぱなごあいさつをありがとう、ポー、フー」

ナナは、にっこりとわらいました。そこへ、シルクが「ひみつのおもいでボックス」をもってきます。

「さあ、ポーとフー。きょうのお仕事《しごと》はこれよ。このなかをのぞいて、なにがはいっているか、おしえてほしいの」

シルクがそういって、「ひみつのおもいでボックス」をテーブルにおくと、おねえさんのポーが、せきばらいをしました。

「いくらおさいほう魔女《まじょ》さまのおねがいでも、だれかのひみつのおもいでボックスのなかをのぞくなんて、お行儀《ぎょうぎ》の悪《わる》いことはできません」

すると、弟《おとうと》のフーがこういいました。

「オバケはみんな、こっそりやってるよ。おねえちゃんは、のぞいたことがないの？」

「シィッ！　おまえはだまってなさい、フー」

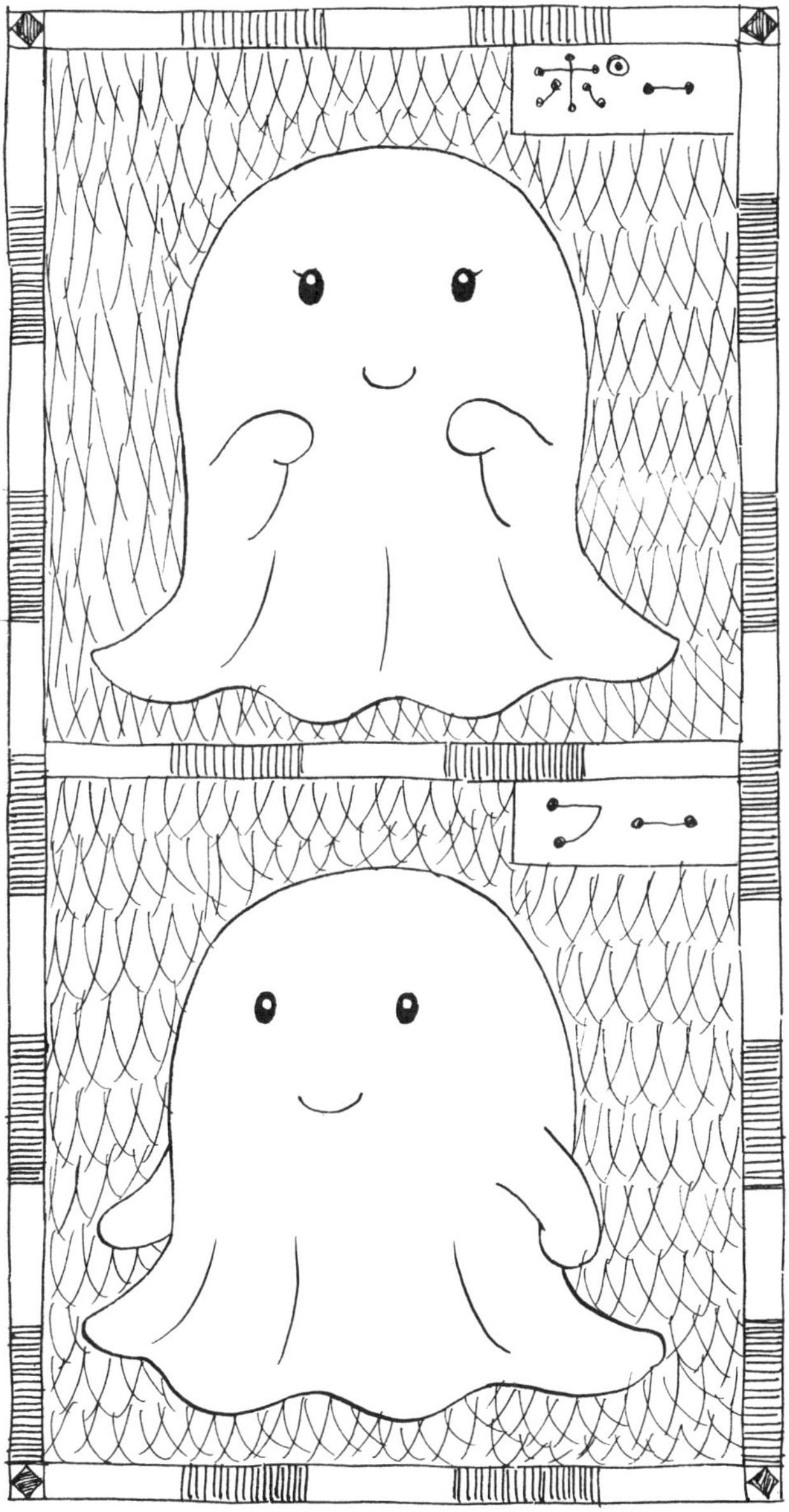

それをきくと、ナナはおかしくてクスッとわらいました。そして、こういったのです。

「だいじょうぶよ、ポー。この箱《はこ》のもち主《ぬし》からたのまれたんですもの。だから、のぞいていいのよ、フー。おねがいできる?」

するとフーはうれしそうにうなずきました。

「おやすいご用《よう》だよ」

そういったかとおもうと、顔《かお》を箱《はこ》につっこんだのです。

「なにがはいってて? フー」

シルクがまちきれずに、そうたずねました。

「これは、動物《どうぶつ》のからだにはえていたトゲだよ、おさいほう魔女《まじょ》さま。ハリネズミのトゲかな?

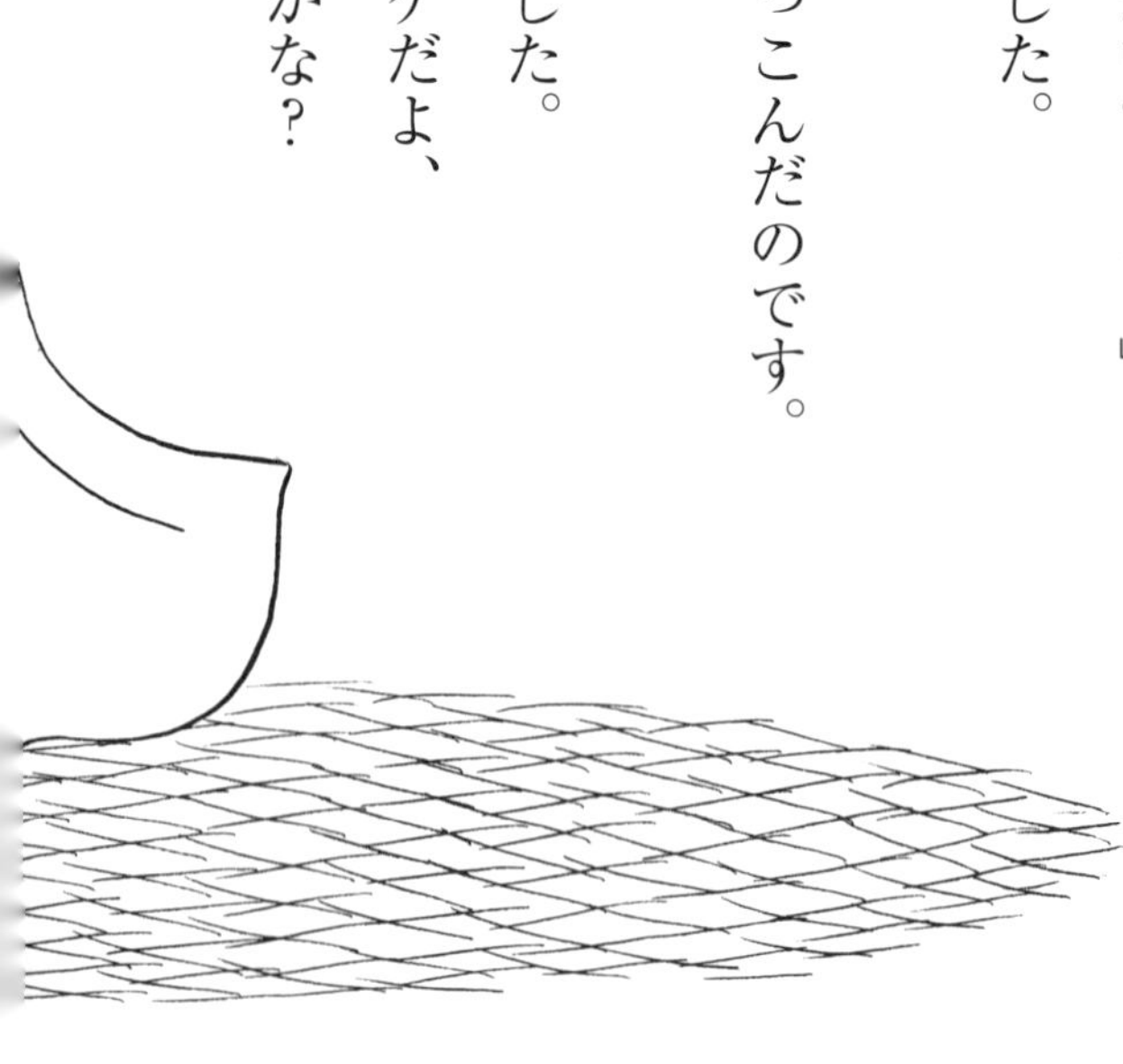

もっと大《おお》きいから、
ヤマアラシじゃないかな」

　こたえをきいて、ナナとシルクはちょっとがっかりしました。それではお直《なお》しに使《つか》えそうもないからです。

「はいっているのは、それだけですか？　フー」

　コットンの声《こえ》に、こんどはこうこたえます。

「写真《しゃしん》が一枚《まい》はいってる。ちびっ子魔女《こまじょ》と、自転車《じてんしゃ》くらいの大《おお》きさのドラゴンがいっしょにうつってる写真《しゃしん》だよ。このドラゴンは火《ひ》をはく種類《しゅるい》

だね。きれいな銀《ぎん》色《いろ》の毛《け》なみで、まっ赤《か》なくびわをしているよ」

そういってから、フーは顔《かお》を箱《はこ》からだしました。でも、みんながだまっているので、自分《じぶん》が役《やく》に立《た》ったのか不安《ふあん》になります。

「もっとくわしく話《はな》した方《ほう》がいい？　ドラゴンのくびわに「シルバー」っていうふだがさがってたこととか。ちびっ子魔女《こまじょ》がしましまのワンピースを着《き》ていたこととか……」

それをきくと、みんな、あっとおもいました。

「その子《こ》は、子《こ》どものころのジュルナだわ」

それから、

フーは
こうも
いいました。

「ジュルナと『シルバー』っていうドラゴンは、すごく仲《なか》よしだったみたい。ふたりのうしろの木《き》に『S&J《エスアンドジェイ》』ってほってあったもの。これはきっと、ふたりのイニシャルだよね」

それから、フーも首《くび》をかしげました。

「ひみつのおもいでボックスには、たいていおかしなものがはいっているけど、ヤマアラシのトゲなんて、はじめてだよ」

フーのことばに、シルクたちもうなずきました。

「ジュルナはどうして、トゲをだいじにしまっておいたのかしら?」

ジュルナのママがいっていたとおりなら、ヤマアラシのとげのおもいでが、ジュルナをよい記者《きしゃ》にしてくれるはずです。

　みんなはしばらく首《くび》をひねっていましたが、やっぱりなんのことやらわかりません。そのとき、ナナが雑誌《ざつし》にのっていた広告《こうこく》の文章《ぶんしょう》をおもいだしたのです。

「箱《はこ》のなかに、カードがはいっていなかった？『未来《みらい》のわたしへのメッセージ』っていうカードよ」

　でも、もう一度《ど》フーがのぞきこんでも、カードはみあたりません。するとポーがせきばらいをしました。

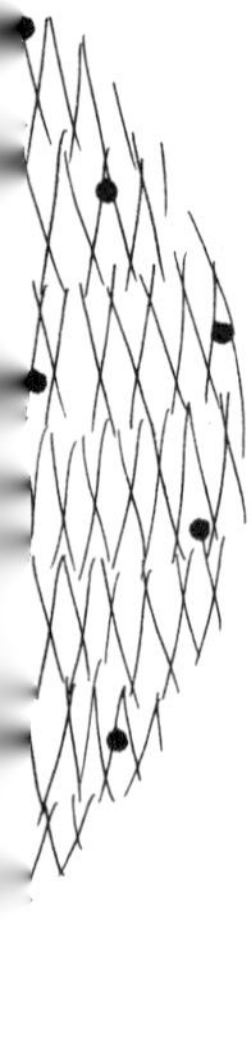

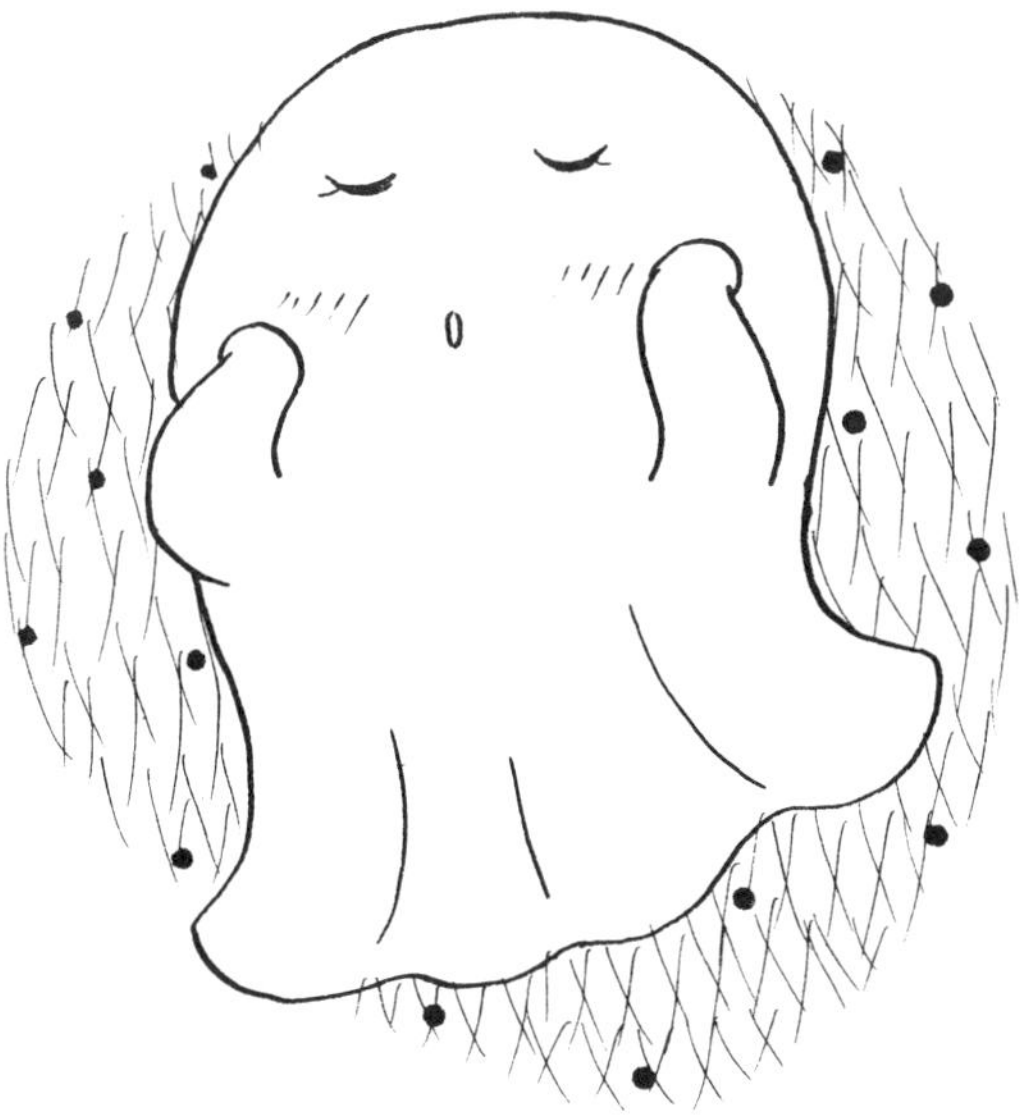

「もしかしたら、ふたのうらがわに、はりつけてあるんじゃないかしら。カードはふたのうらにピッタリはれるサイズなのよ。もちろん、わたしは箱《はこ》をのぞいたことはないけれど」

そのことばに、みんながいっせいにポーをみつめました。

「それなら、自分《じぶん》でのぞいてみてよ、おねえちゃん」

すると、ポーはほおに手《て》をあてました。

「もう、しかたないわねえ」

と、なれたようすで箱《はこ》のなかに顔《かお》をいれます。

「やっぱり、ふたのうらにはってありますよ。

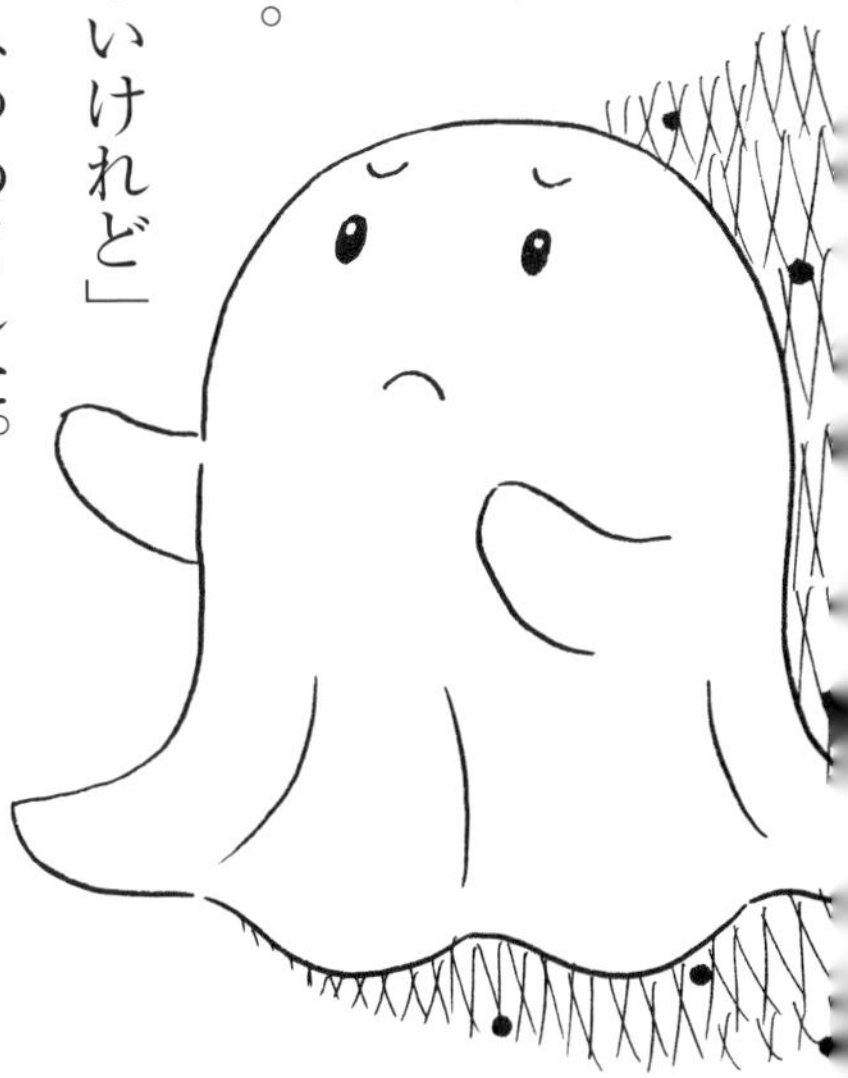

おさいほう魔女《まじょ》さま」

そういって、ポーはメッセージカードをよんでくれました。

未来《みらい》のわたしへのメッセージ

ドラゴンのシルバーが大《おお》あばれしたのには、ちゃんと理《り》由《ゆう》がある。
だってこのトゲが、ささっていたんですもの。
だから、理《り》由《ゆう》を知《し》らずにこわがってばかりいてはダメ。

これが、ジュルナが子《こ》どものころ、いつまでもわすれずにいようとおもったことです。

どんな事件《じけん》だったのかは、

ジュルナにきかなくてはわかりません。

そこで、コットンは、こんなふうに想像《そうぞう》してみました。

「ヤマアラシのトゲが足《あし》にささったドラゴンが、いたさのあまり大《おお》あばれしたのではないでしょうか。そして、ジュルナやみんなをこわがらせたのでございましょう。でも、このトゲがぬけたとたん、ドラゴンは、あばれおとなしくなったのではないでしょうか。だから、ジュルナは、あばれるのをこわがるより、あばれる理由《りゆう》を知《し》る方《ほう》がたいせつだとおもったの

でございましょう」

するとフーとポーがまじめな顔《かお》でうなずきました。

「ナナさんが、わたしたちをこわがっていたのとおなじですね」

そうきいて、こんどは、ナナもうなずきます。

「そのとおりね。わたしも、オバケがおどろかせようとする理由《りゆう》を知《し》ったら、もうこわくなくなったわ。だって、おどろかせるのがオバケのあいさつだったんですもの。

こわいどころか、とても礼儀正《れいぎただ》しいふるまいだって知《し》って、ポーとフーを大好《だいす》きになったの。ポーたちとわたしのあいさつはずいぶんちがうけれど、もう以前《いぜん》みたいにオバケをこわがったりしないわ。いまは仲《なか》のよいお友《とも》だちよ」

そういってから、ナナはハッとなりました。

「そうよ！　ジュルナも、きっとわたしとおなじようにおもったんだわ。ドラゴンのことをよく知《し》ることで仲《なか》よしになれたって。もしかしたら、

どんな相手《あいて》でも、その人《ひと》をよく知《し》れば仲《なか》よくなれるのかも……。それで、そのことを箱《はこ》にいれて、ずっとおぼえておこうとしたんだわ」

コットンもにっこりとわらいました。

「なるほど。だからジュルナのママは、箱《はこ》のなかのおもいでをおもいだすようにいったのでございますね。よい記事《きじ》をかくためにも、インタビューの相《あい》手《て》をよく知《し》ることがだいじでございますから」

たしかにジュルナは、ナーデルがなぜししゅうをするようになったのか、その理由《りゆう》をたずねることもしませんでした。そして、自分勝手《じぶんかって》なかんがえばかりで、あの記事《きじ》をかいたのです。

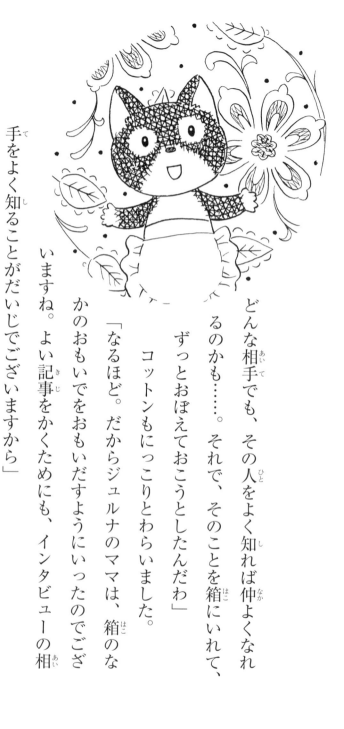

「じゃあ、ジュルナがこのシルバーっていう
ドラゴンをおもいだせるようなデザインに、
お直《なお》しをするのはどうかしら？」

ナナはそういいましたが、シルクは
まだ首《くび》をひねっています。というのも、
つぎのインタビュー相手《あいて》がおさいほう
魔女《まじょ》カーラだったからです。

「相手《あいて》をよく知《し》ることがだいじだってことを
ジュルナがおもいだしても、カーラの
ほんとうのきもちをききだすのはむずかしいわ」

そういったきり、かんがえこんでしまったのです。

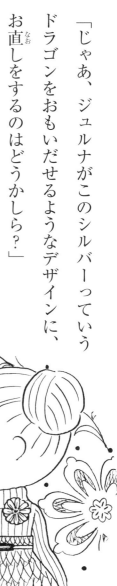

6

ジュルナにぴったりの色《いろ》は？

「カーラは、どんなおさいほう魔女《まじょ》なの？　コットン」

ナナがそうたずねると、コットンはため息《いき》をつきました。

「カーラどのは、りっぱなおさいほう魔女《まじょ》でございますよ、ナナさま。ただちょっときむずかしいのでございます。だれとも仲《なか》よく話《はな》そうとなさいません。それで、かわり者《もの》といわれているのでございます」

シルクもざんねんそうな顔《かお》で、こ

うつづけました。

「カーラの作《つく》るドレスはとても美《うつく》しくて、いつも話題《わだい》になるわ。でも、そのドレスを着《き》たいという魔女《まじょ》はほとんどいないのよ。なぜって、彼女《かのじょ》は『黒《くろ》いドレス』を作《つく》らないから」

そうきくと、フーとポーも、ナナといっしょにおどろきました。

「魔女《まじょ》さまのドレスなのに、黒《くろ》くないのですか？　おさいほう魔女《まじょ》さま」

「ええ。だからドレスは一枚《まい》も売《う》れないの。カーラのアトリエは、有名《ゆうめい》になったいまでも、この店《みせ》より小《ちい》さいくらいよ。それでも、カーラは黒《くろ》

以外《いがい》のドレスを作《つく》りつづけているわ」

そんなふうでしたから、カーラはいつもさびしいおもいをしていました。そしてそのさびしさは、カーラの心《こころ》をすっかりひえこませていったのです。

そのことを知《し》ると、ナナは気《き》の毒《どく》になりました。

「それでいままでは、かわり者《もの》っていわれているのね」

シルクは、こまった顔《かお》でうなずきました。

「もしジュルナが黒《くろ》い魔女《まじょ》ドレスを着《き》ていったら、きっとカーラはなにも話《はな》してくれないでしょうね。でも、なに色《いろ》のドレスにリフォームしたら、カーラがジュルナに心《こころ》をひらいてくれるのか、さっぱりおもいつかないわ……」

シルクがそういうと、ポーがこういってため息《いき》をつきました。

「まあ……。なに色《いろ》のドレスにしようかなんて、うらやましいなやみだわ。わたしたちシーツオバケの服《ふく》は、白《しろ》ってきまっているんですもの」

と、ポーが話《はな》しているあいだに、
コットンがオバケたちにオレンジ
ジュースをはこんできました。
ジュースがテーブルに
おかれたとたんに、弟《おとうと》のフーは、
大《おお》よろこびでジュースを
のんでしまいます。
それをみたポーは大《おお》あわてで、弟《おとうと》をしかりました。
「まあ、フー！　なんてお行儀《ぎょうぎ》が悪《わる》いんで
しょう。まだ明《あか》るいうちからジュースを
のむなんて」

シーツオバケの服《ふく》は、食《た》べたりのんだりしたものの色《いろ》になってしまいます。しかも、明《あか》るいうちにシーツの色《いろ》がかわってしまうと、もうもとの白《しろ》にはもどらないのです。それはオバケのあいだでは、食《く》いしんぼのしるしで、はずかしいこととされていました。

オレンジジュースをのみほしたフーの服《ふく》は、もうオレンジ色《いろ》にそまっています。

ポーは、もってきていた着《き》がえをとりだすと、フーに着《き》がえるようにいいました。そのようすをみていたシルクは、ポンと手《て》をうちます。

「ジュルナにひつような色《いろ》はこれだわ。どんな色《いろ》でもない色《いろ》。のみこんだものの色《いろ》にそまっちゃう色《いろ》。つまり白《しろ》よ！」

「なるほど、シルクさま。いま、フーがオレンジ色《いろ》になったのは、ジュースをちゃんとのみこんだ証拠《しょうこ》。人《ひと》の話《はなし》もちゃんとのみこめば、その相手《あいて》のことがよくわかる、ということでございますね。それには白《しろ》がいちばんかと」

そうきいて、ナナもにっこりとわらいました。

「そのとおりね、コットン。
そんなまっ白《しろ》なきもちでカーラの話《はなし》をきけたら、ジュルナもきっとすてきな記事《きじ》がかけるはずよ。原稿用紙《げんこうようし》がはじめはまっ白《しろ》なのとおなじにね」

こうして、ジュルナのドレスをまっ白《しろ》にリフォームすることがきまりました。

でも、心配《しんぱい》なことがなくなったわけではありません。シルクは、うでをくむと、ちょっと首《くび》をかしげ

ていいました。

「魔女《まじょ》にとって、黒以外《くろいがい》のドレスを着《き》るのはとても勇気《ゆうき》がいるわ。赤《あか》や黄色《きいろ》をちょっとだけアクセントに使《つか》うのはどの魔女《まじょ》もやっているし、紫《むらさき》のドレスもはやっているけれど。紫《むらさき》っていってもほとんど黒《くろ》だし……。とくに白《しろ》いドレスとなれば、魔女《まじょ》が着《き》るのは一生《いっしょう》のうちでもウエディングドレスくらいよ。オシャレに興味《きょうみ》のないジュルナが、まっ白《しろ》なドレスを着《き》てくれるかしら」

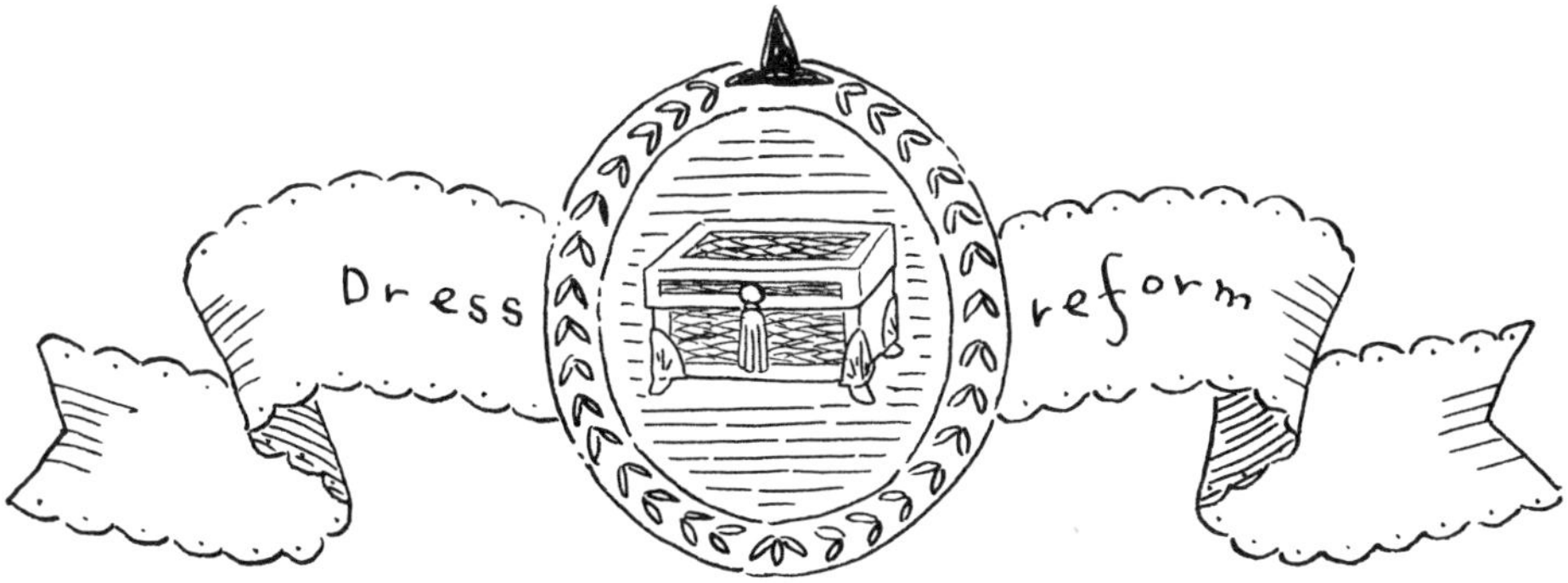

7

虹《にじ》の粉《こな》「プリズムパウダー」

　ジュルナが白《しろ》いドレスを着《き》てくれるかどうか、気《き》になりましたが、スケッチブックをひらくと、そんな心《しん》配《ぱい》はふきとんでしまいました。デザインをかきはじめると、ジュルナにぴったりのドレスがあっというまにかきあがったからです。

「わあ、きれいなドレスね」

　スケッチをのぞきこんだナナがおもわず声《こえ》をあげました。それは、ふんわりしたスカートと、レースのそでのついたロマンチックなデザインのドレス。もとのワンピースを白《しろ》くそめて、えりとみごろにつかっています。

かきあがったデザイン画《が》を満足《まんぞく》そうにみていたシルクは、黒猫《くろねこ》の指《ゆび》ぬきをはめました。この指《ゆび》ぬきでスケッチブックをたたくと、スケッチ画《が》がふわーっと紙《かみ》から立《た》ちあがって、ダンスをおどりはじめるのです。

このデザイン画《が》も指《ゆび》ぬきの魔法《まほう》でダンスをはじめました。

白《しろ》い魔女《まじょ》ドレスが、回転《かいてん》するたびに、美《うつく》しくスカートをひろげます。

そのすそには、
銀色《ぎんいろ》と赤《あか》の糸《いと》で

「S&J《エスアンドジェイ》」という
ししゅうが
ぐるっと
一周《しゅう》していました。
「すばらしいデザインでございます、シルクさま」
ナナも、ポーとフーも、デザイン画《が》のダンスをうっとりとみつめています。シルクも満足《まんぞく》そうにうなずきました。こうして、つぎの日《ひ》からいよいよリフォームがはじまったのです。

たのんだひと	ジュルナ
きるひと	ジュルナ
もくてき	まっしろな気持ちで 相手の話をきけるドレス

MEMO

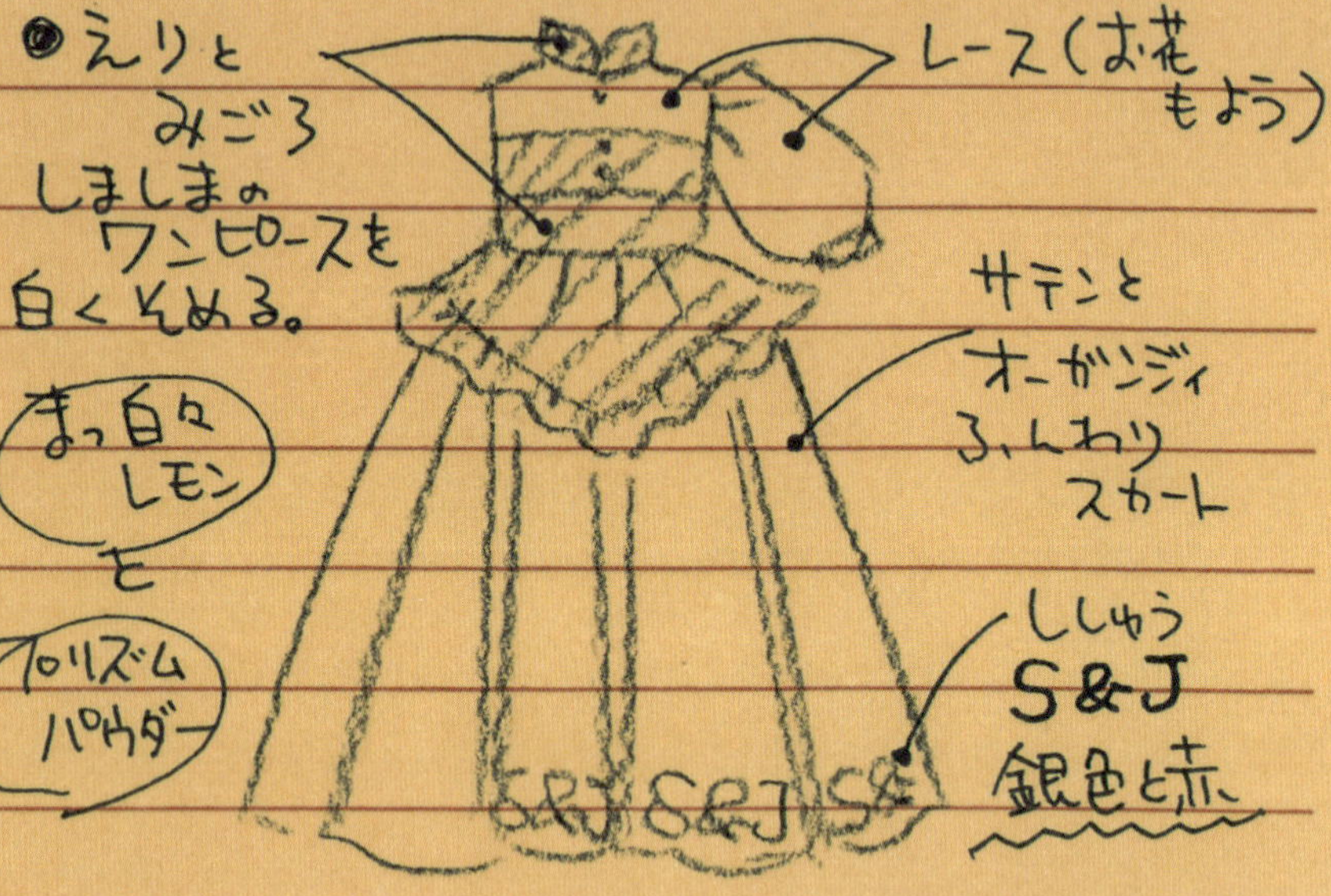

たんとうしゃ Silk

みほん

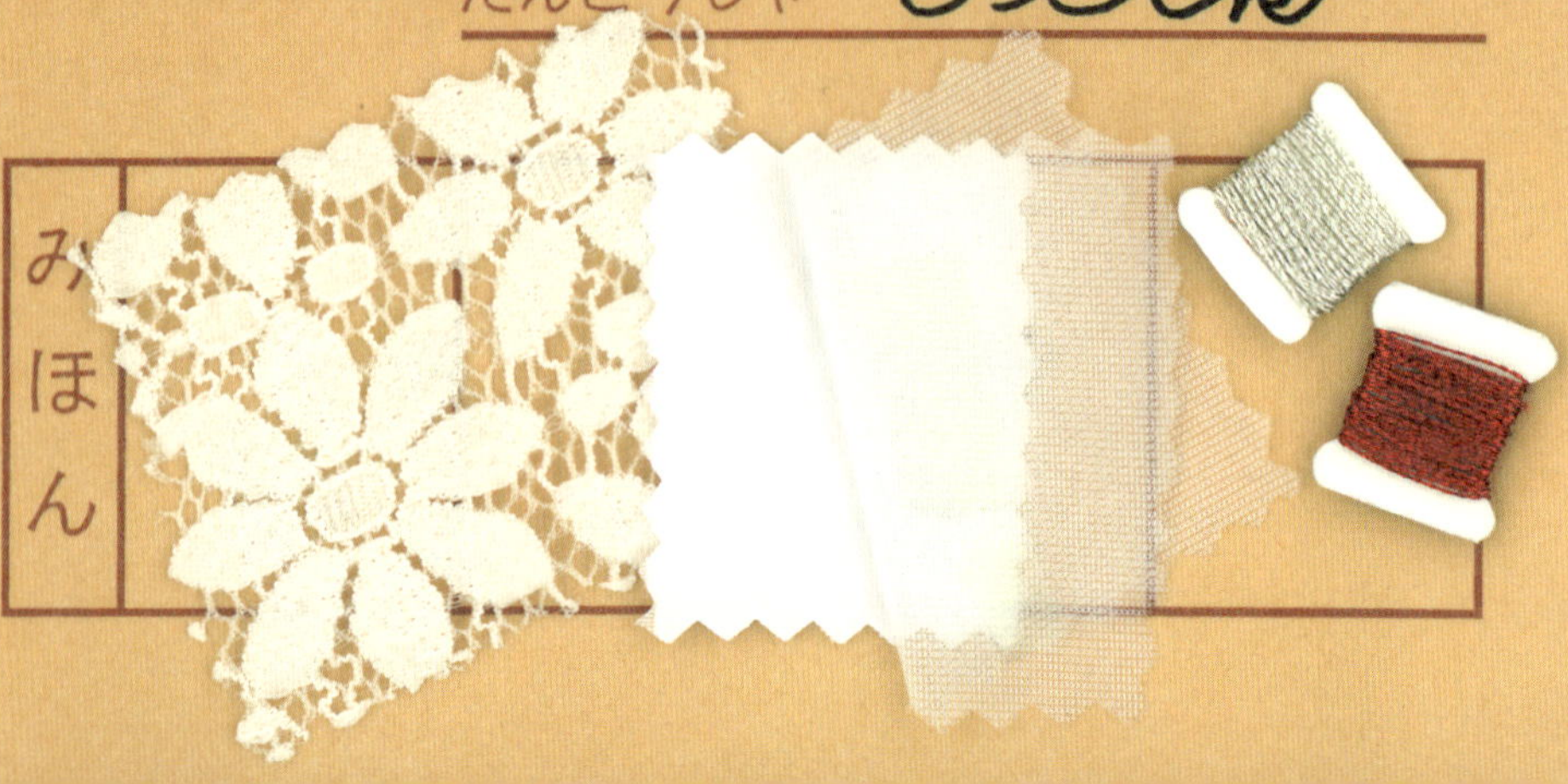

No.

FROM 2005
なんでも魔女商会

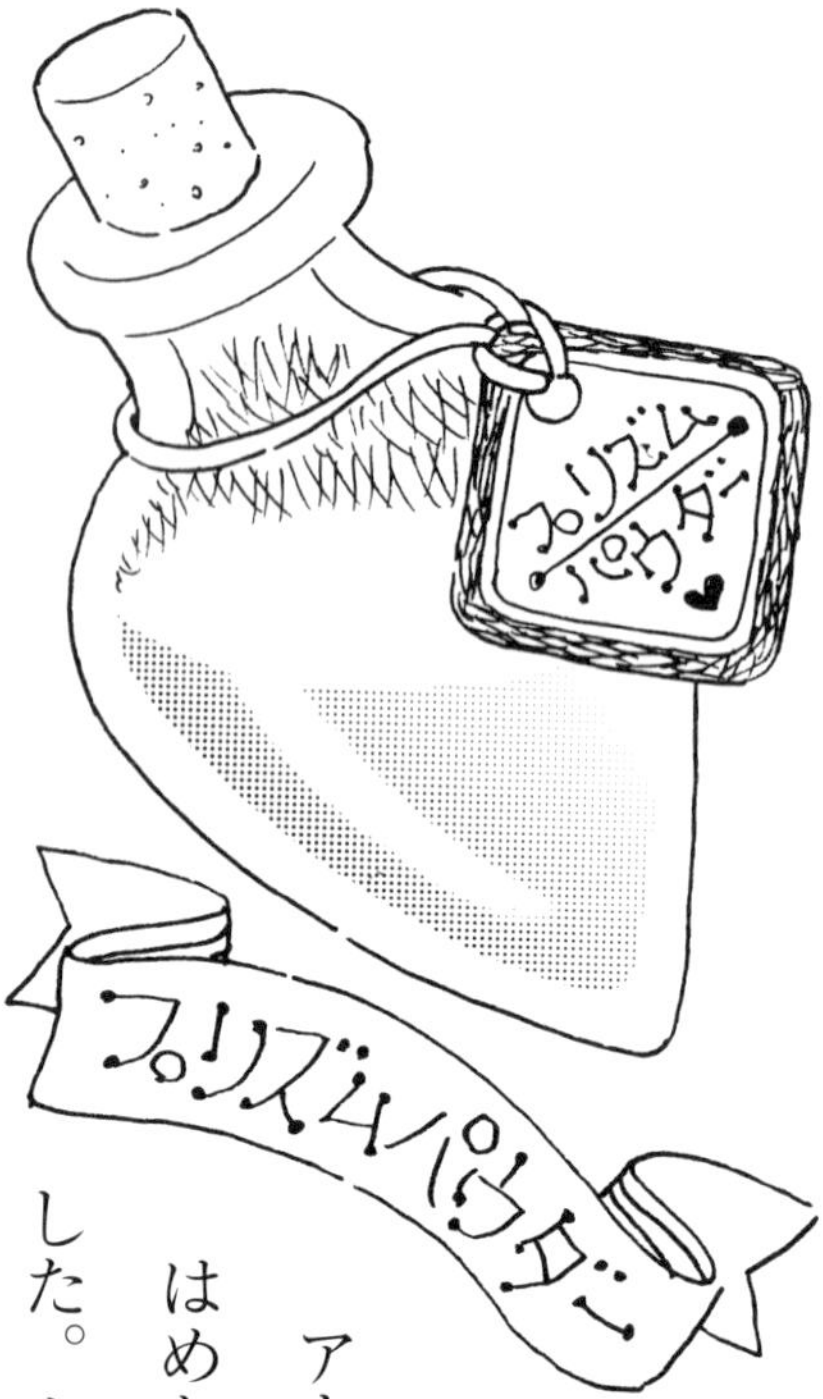

つぎの日《ひ》、ナナがリフォーム支店《してん》のドアをあけると、シルクが黒猫《くろねこ》の指《ゆび》ぬきをはめた手《て》を、クローゼットへとむけていました。クローゼットを指《ゆび》ぬきでコツコツとたたいて、ジュルナの名《な》をさけんだあと、そのとびらをあけます。するとそこには、ジュルナの身体《からだ》とおなじサイズのトルソーがあらわれていたのです。
「ワンピースは、どうやって白《しろ》くするの？」
ナナがそうたずねると、コットンが白《しろ》いレモンをみせてくれました。
「魔法《まほう》の部屋《へや》の温室《おんしつ》からとってきた『まっ白々《しろしろ》レモン』でございます。この実《み》をしぼって一晩《ひとばん》つけておけば、たいていの布《ぬの》は白《しろ》くなります」

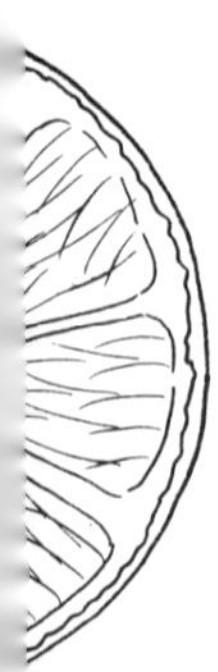

そういって、きのうの夜《よる》レモンのジュースに
つけておいたワンピースをトルソーにかけました。
グレーと黒《くろ》のしましまは、いまは白《しろ》とツヤツヤ銀色《ぎんいろ》の
しましまにかわっています。
「黒色《くろいろ》だったところが、ツヤツヤの銀色《ぎんいろ》にかがやいているわ」
すると、コットンはとくいそうに粉《こな》のはいった小《こ》びんを
みせました。
「レモンジュースに、この『プリズムパウダー』を少々《しょうしょう》
いれましたから」
不思議《ふしぎ》そうな顔《かお》をするナナに、シルクがこうつづけます。
「プリズムパウダーは、虹《にじ》から作《つく》ったそめ粉《こ》よ、ナナ。そめ粉《こ》といって

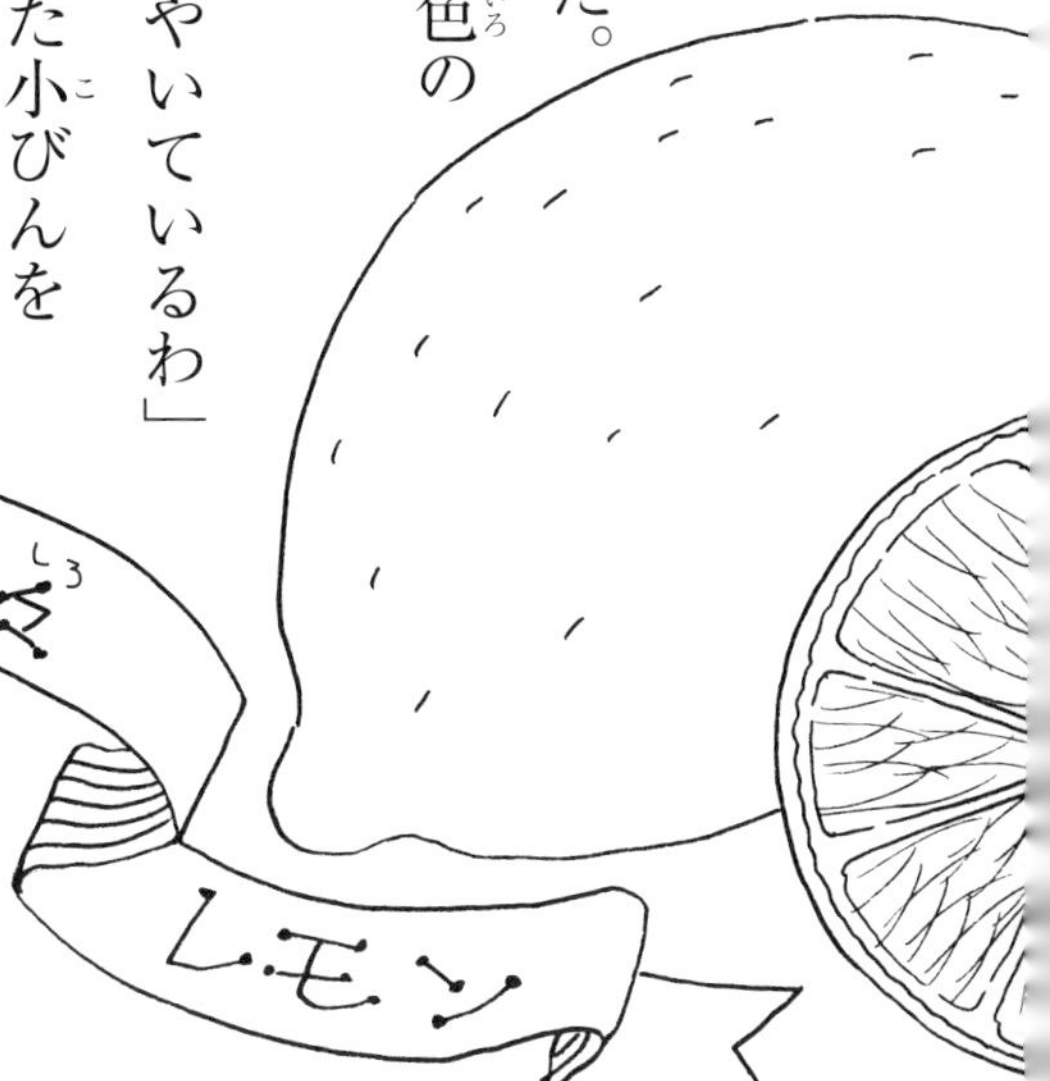

も色《いろ》はつかないけれど、虹色《にじいろ》にかがやくの。光《ひかり》のかげんによって、銀色《ぎんいろ》にみえたり、虹色《にじいろ》にみえたりしてるでしょ？　プリズムパウダーは、黒《くろ》い色《いろ》ほどしっかりそまるから、しましまもように、そめあがったというわけなのよ」

それから、

シルクは、はさみを手《て》に
もちました。

「いよいよ、おさいほうの
はじまりよ！　ナナ」

そして、なんの魅力《みりょく》もないワンピースにざくざくと
はさみをいれはじめたのです。

こうして、シルクのかいたデザイン画《が》のとおりに、リフォームはすすみはじめました。ひと針《はり》ぬうごとに、やぼったかったしましまのワンピースが、これ以上《いじょう》ないほど上品《じょうひん》なドレスへと生《う》まれかわっていくのがわ

かります。

そして、三日《みっか》もするころには、ドレスはすっかりできあがりました。

シルクとナナは肩《かた》をならべて立《た》つと、できあがったドレスをみて、にっこりと顔《かお》をみあわせました。

「すてきね、シルク。あとは、スカートのすそにししゅうをいれるだけだわ」

すると、シルクはにやっとわらって、びっくりするようなことをいいだしたのです。

「このししゅうは、ナーデルにたのむつもりよ、ナナ」

ナナは、目《め》を丸《まる》くしました。

「ナーデルの悪口《わるくち》をかいた記者魔女《きしゃまじょ》のためのししゅうを、ナーデルにしてもらうつもり？　シルク。そんなのむりよ」

コットンも、こうつづけます。

「ナナさまのいうとおりでございます。ナーデルどのは、ひきうけるはずがございません」

それでも、シルクは肩《かた》をすくめてみせました。

「そうかしら。たのんでみなくちゃわからなくてよ。あした、ナーデルのアトリエへいってみましょうよ。ほうきなら、ひとっとびよ」

ナナは、ナーデルのアトリエときいて、心《こころ》がうき立《た》ちました。

（どんなところかしら？　ワクワクするわ）

でも、シルクのほうきにのるのは、あまり気《き》がすすみません。シルクは、ほうきの運転《うんてん》がにがてだったからです。

8

おさいほう魔女《まじょ》ナーデル

つぎの日《ひ》。

ほうきのまえで、ナナとコットンはしばらく顔《かお》をみあわせていました。ふたり

「はやくのってちょうだい。とも。もう出発《しゅっぱつ》するわよ」

シルクのほうきの運転《うんてん》のうでまえは、まったく上達《じょうたつ》しませんでした。どんな魔女《まじょ》にも、とくいなこともあれば、にがてなこともあるからです。

ナナとコットンは、しぶしぶシルクのうしろにのりこみました。コットンは、つめを立《た》てて、ほうきの穂《ほ》をしっかりとつかんでいます。

「出発《しゅっぱつ》よ！」

そういったかとおもうと、ほうきはいきなり真上《まうえ》にぎゅーんとのぼりました。そして、また半分《はんぶん》くらいぎゅーんとおりてから、ナーデルのアトリエめがけて、とびはじめたのです。

二〇分《ぷん》ほどとんだころ、ナーデルのアトリエがみえてきました。ぜいたくをきらって、しっそな生活《せいかつ》をしている魔女《まじょ》らしい、小《ちい》さな館《やかた》です。

古《ふる》いドアをノックすると、感《かん》じのよい小《こ》がらな魔女《まじょ》がドアをあけてくれました。

「いらっしゃい。まあ、どなたかしら？　あなた、新聞《しんぶん》でみたことあるわね」

ナーデルは、そういってから、すぐにシルクの評判《ひょうばん》をおもいだしました。

「リフォーム支店《してん》のおさいほう魔女《まじょ》、シルクね。はじめまして。おあいできてうれしいわ、シルク」

さしだされた手《て》をにぎりかえしながら、シルクはほっぺを赤《あか》くしました。

「こちらこそ、ナーデル」

それから、ナナとコットンをしょうかいすると、ナーデルはみんなを

アトリエにまねきいれてくれたのです。アトリエには、天井《てんじょう》までとどくたなが壁《かべ》一面《めん》にありました。そのたなのひとつひとつに、ししゅう糸《いと》がびっしりとならんでいます。

たなのまえに立《た》つと、シルクはさっそくこういいました。

「ナーデル、きょうはおねがいがあって、まいりました」

ナーデルは、シルクの話《はなし》をはじめはニコニコときいていました。けれど、記者魔女《きしゃまじょ》ジュルナの名前《なまえ》がでてくると、きゅうにふきげんになったのです。

「ジュルナはらくだい記者魔女《きしゃまじょ》よ。インタビューにきたはずなのに、わたしのことは、なにひとつきかなかったんですからね。そんな魔女《まじょ》のドレスにししゅうをするなんて、まっぴらだわ」

そのことばをきいて、コットンもナナも、小《ちい》さくうなずきました。むりもないとおもったからです。ところが、シルクはこういいました。
「ジュルナは、まだ世《よ》の中《なか》に知《し》られていない新人《しんじん》の芸術家《げいじゅつか》たちをおうえんするために記者《きしゃ》になった魔女《まじょ》なんです。でも、記事《きじ》をかくのが、まだうまくなくて……。ついつい、自分《じぶん》のきもちばかりを記事《きじ》にかいてしまう。でも、どんな芸術家《げいじゅつか》だって、世《よ》の中《なか》の人《ひと》に名前《なまえ》を知《し》ってもらうまでには、たいへんな努力《どりょく》がひつようでしょう？　ジュルナはその手伝《てつだ》いが

したいといっているんです」

そうきくと、ナーデルもはっとなりました。自分《じぶん》もししゅうのうでまえをみとめてもらうまでには、時間《じかん》がかかったことをおもいだしたのです。有名《ゆうめい》になれたのは、たまたまパーティーにさそわれて、ししゅうのドレスを着《き》ていったから。それがなければ、いまもだれもナーデルの名《な》前《まえ》を、知《し》らなかったかもしれません。

ナーデルはしばらくかんがえこんでいましたが、やがてにっこりとほ

ほえんだのです。

「いいでしょう。シルク。そのししゅう、よろこんでおひきうけするわ。デザイン画《が》をみせてちょうだい」

そのことばに、ナナとシルク、コットンはわあっと声《こえ》をあげて、顔《かお》をかがやかせました。

「ジュルナどのも、一度《ど》ししゅうを自分《じぶん》の身《み》につければ、そのすばらしさにかならずやお気《き》づきになるで

しょう」
　コットンはそういいながら、シルクのデザイン画《が》をさしだしました。
「まあ、なんてすてきなデザインでしょう！　おみごとよ、シルク。このドレスにししゅうできるなんて、うでがなるわ」
　ナーデルはうれしそうにデザイン画《が》をながめてから、たなから、ふたつのししゅう糸《いと》をえらびました。

「イニシャルのししゅうに、この糸《いと》を
使《つか》うのはどうかしら？　ユニコーンの
しっぽの毛《け》で作《つく》ったししゅう糸《いと》よ。プリ
ズムパウダーでそめた布《ぬの》とよくあうわ」
それは、半分《はんぶん》とうめいのガラスでできたよう
な、美《うつく》しい銀《ぎん》の糸《いと》でした。
これでイニシャルをぬいあげたら、
とても美《うつく》しいししゅうに
なるでしょう。それから
ナーデルはこう

つづけます。

「『&《アンド》』をししゅうする赤《あか》い糸《いと》も、えらびましょう。赤《あか》は、たいせつなポイントですもの。この糸《いと》はいかが？　みなさん」

ナーデルがえらんだのは、とくべつな花《はな》の花粉《かふん》でそめあげたまっ赤《か》な絹糸《きぬいと》でした。魔法《まほう》の温《おん》室《しつ》でそだてられたゆりの花《はな》の花粉《かふん》です。

その赤色《あかいろ》は、まるでルビーのようにきらめいています。

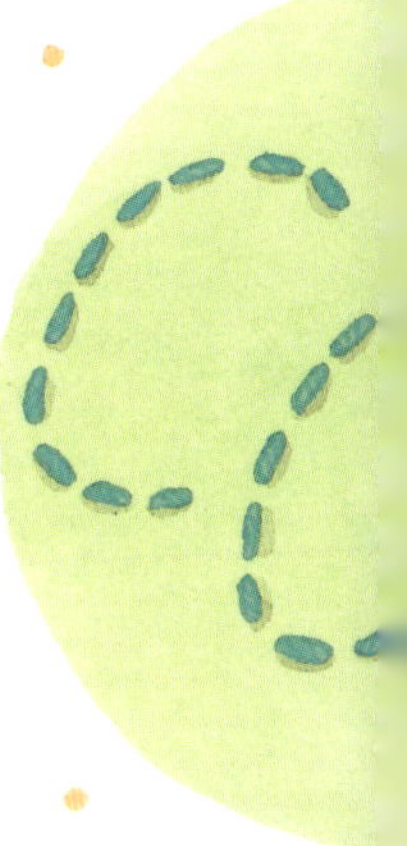

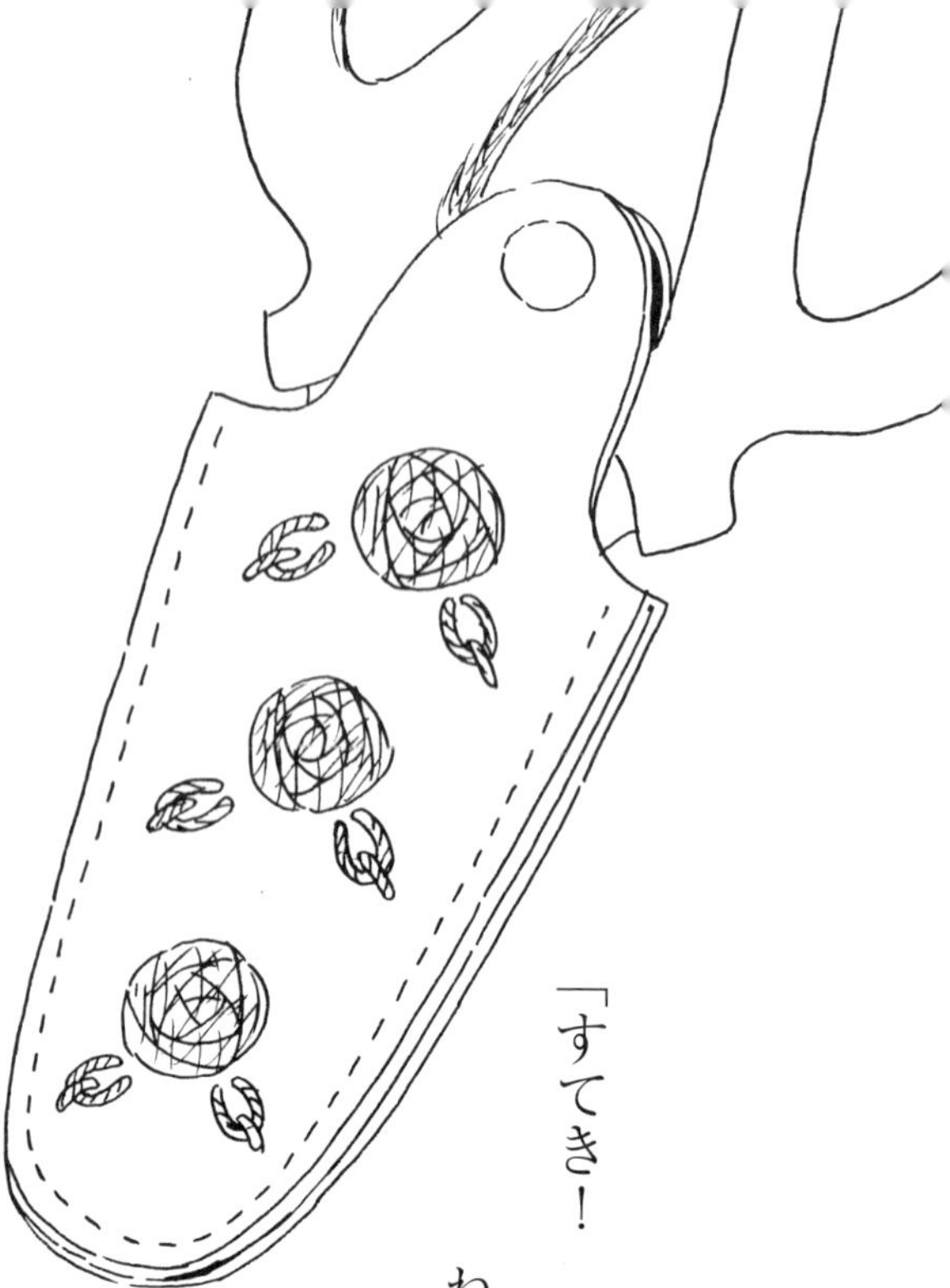

「すてき！　きっととくべつなドレスになるわ。
ねえ、シルク」
ナナとシルクは、ワクワクして、
顔《かお》をみあわせました。
その後《ご》、ナーデルは、いろいろなししゅうをみせてくれました。
ドレスやストール、ハンカチへのししゅうだけではありません。
ナーデルは、はさみのケースやおさいふ、ブックカバーまで、かわいいししゅうをして

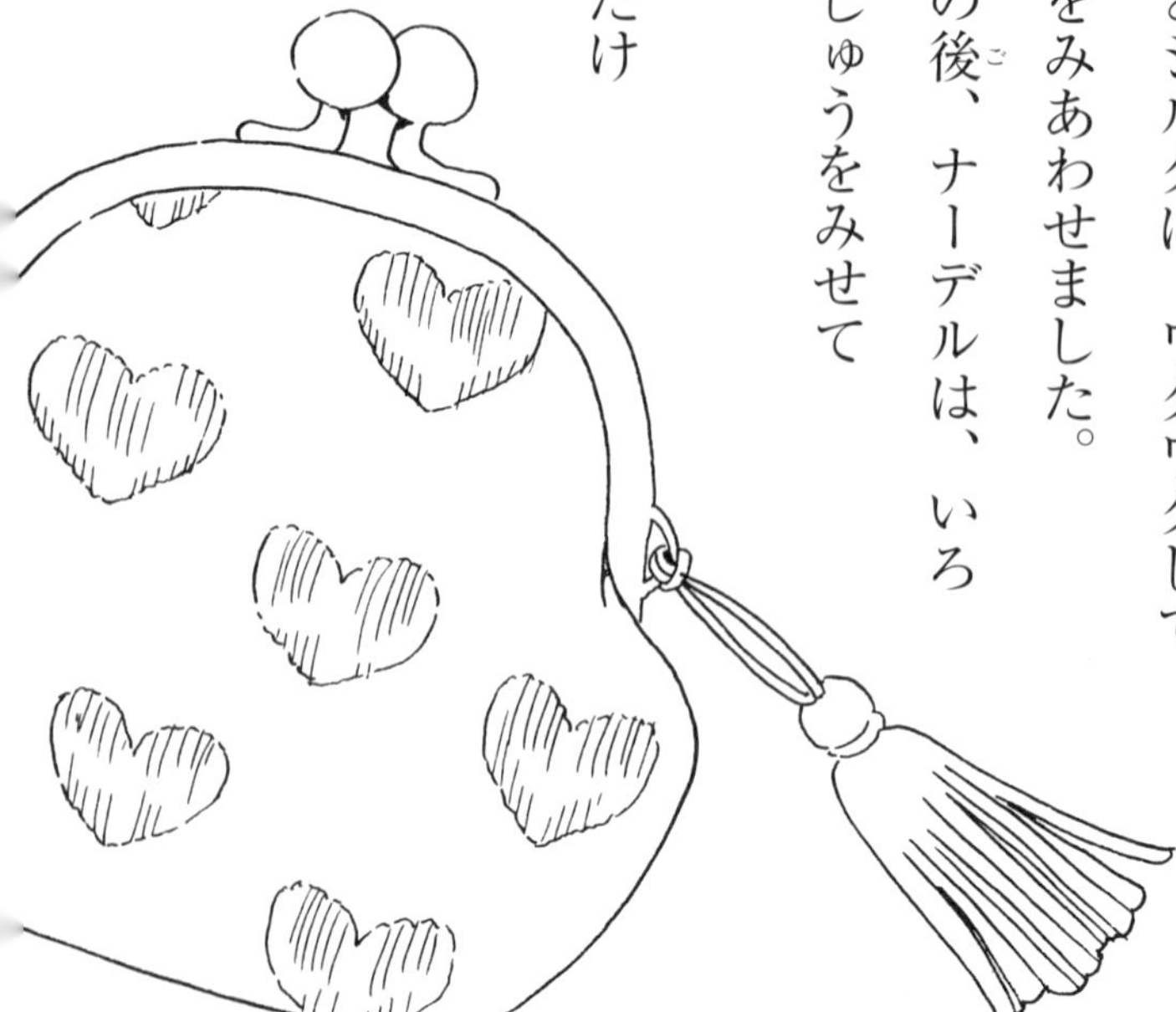

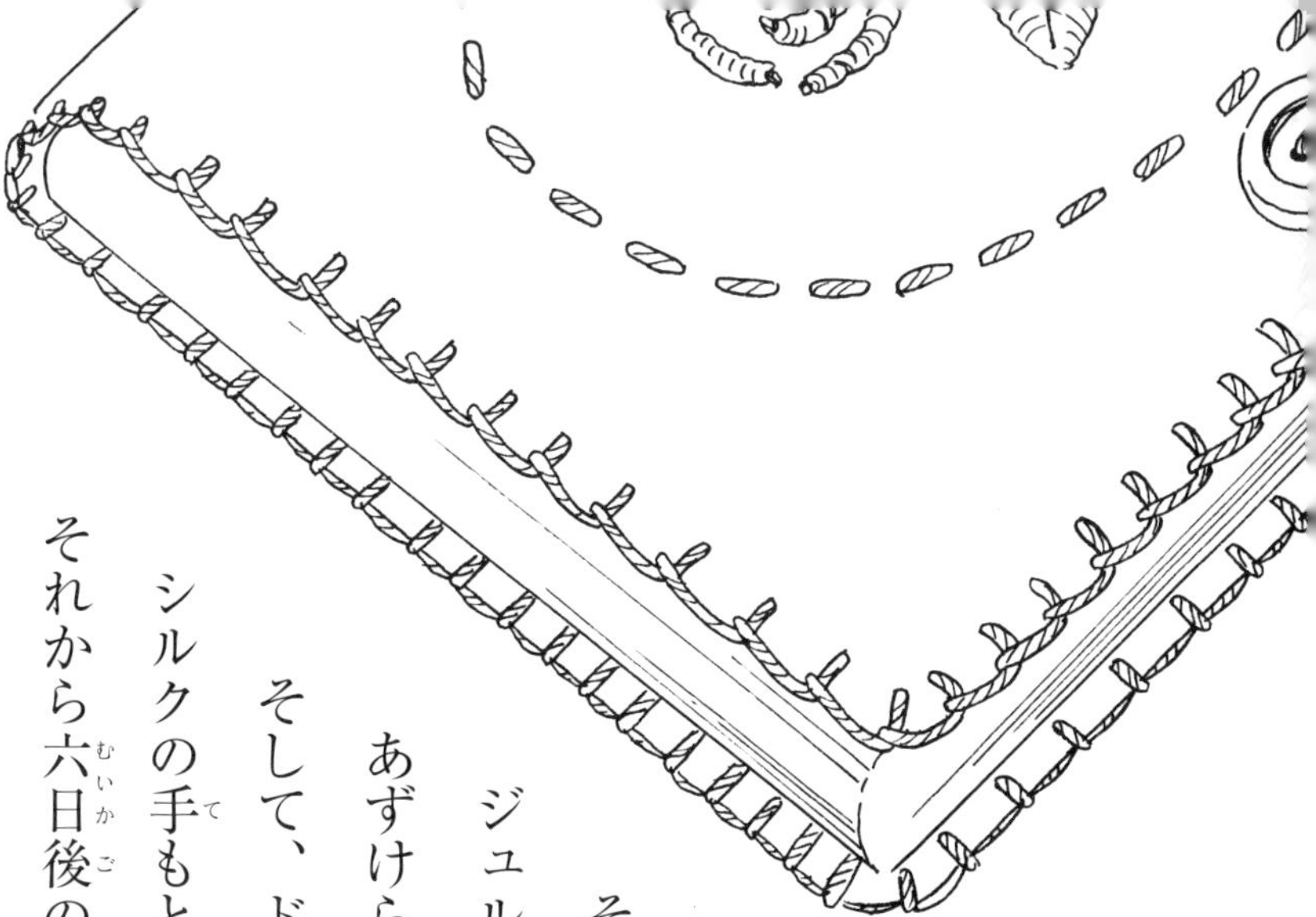

いました。なかでもナナがいちばん気《き》に
いったのは、メッセージカードへの
ししゅう。とても美《うつく》しくて、
とくべつなかんじがします。

そんなナーデルへ、
ジュルナのドレスは
あずけられたのです。

そして、ドレスがもう一度《ど》
シルクの手《て》もとにもどってきたのは、
それから六日後《むいかご》のことでした。

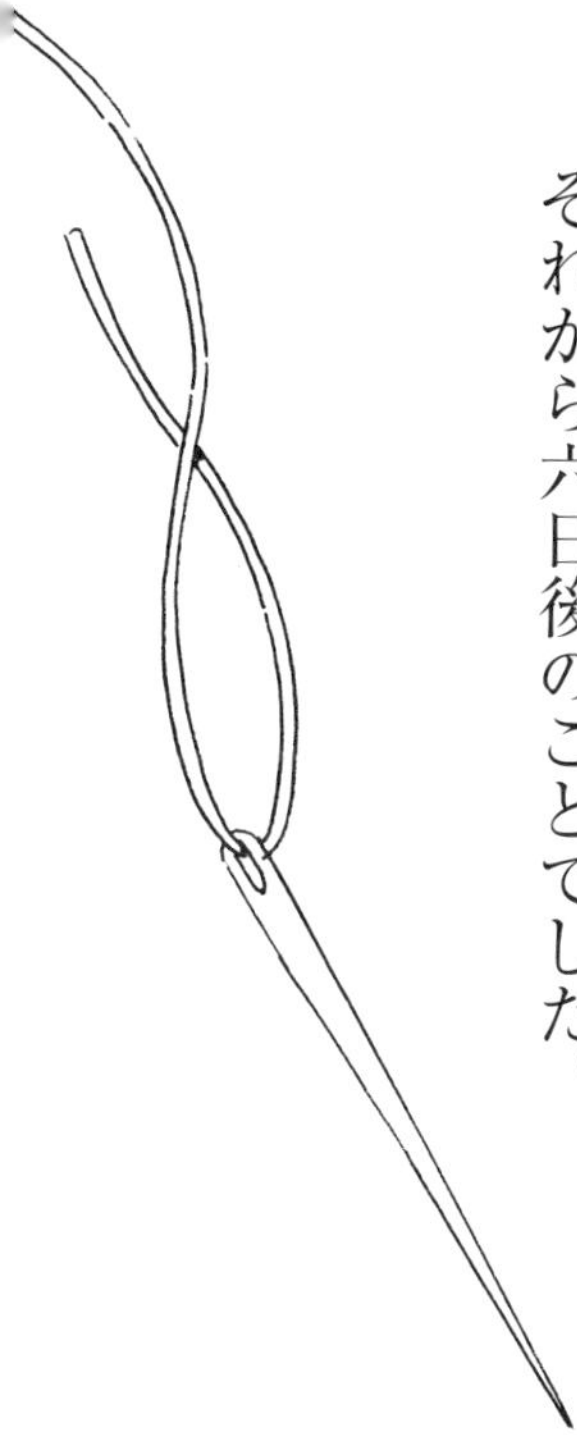

かんたん＊のつくりかた

はりをつかうときは
おとなの人《ひと》といっしょに
やりましょう。

1

あつめの紙《かみ》に、グレーの色《いろ》えんぴつでししゅうしたい文字《もじ》や絵《え》をかきます。

2

1のラインの上《うえ》に糸《いと》をとおすあなをはりであけておきます。

3

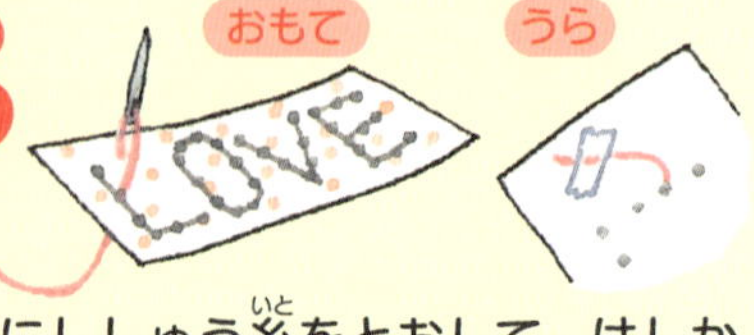

はりにししゅう糸《いと》をとおして、はしから2つめのあなにうらから糸《いと》をとおします。2センチくらいのこして、それをテープでとめます。

4

3のはりを1ばんはしのあなに、おもてからとおし、「かえしぬい」でししゅうしていきます。

さいごに糸《いと》をうらにだしてテープでとめます。

5

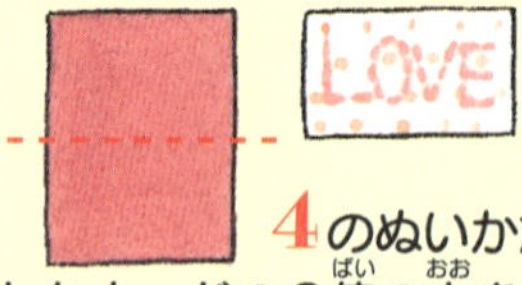

4のぬいかたでししゅうしたカードの2倍《ばい》の大《おお》きさのあつ紙《がみ》をよういします。

6

5のあつ紙《がみ》をふたつにおって、両面《りょうめん》テープで**4**のカードをはりつければ、できあがり！

＊とっても
ししゅうカード
いろいろな色《いろ》が
まじったししゅう糸《いと》や
ほそい毛糸《けいと》で
ししゅうしても
かわいいわ
チェーンステッチや
ランニングステッチも
かんたんでございますよ
for you
Hello
Happy
Birthday

9

白《しろ》いドレスを着《き》てみたら……

ナーデルのめしつかい猫《ねこ》が、ししゅうしたドレスをもってきました。シルクはまちきれないようすでつつみをひらき、すぐにトルソーに着《き》せつけます。

ドレスのすそをかざるししゅうは、まるで宝石《ほうせき》のようにかがやいていました。ふたつのイニシャルをつなぐまっ赤《か》な「&《アンド》」が、ドレスをゴージャスにひきたてています。

「みごとなししゅうだわ。ナーデル

にお礼《れい》を伝《つた》えてちょうだい」

ナーデルのめしつかい猫《ねこ》は、ほこらしげな顔《かお》でうなずくと、帰《かえ》っていきました。

こうしてジュルナのワンピースは、ついにデザイン画《が》のとおりに生《う》まれかわったのです。トルソーに着《き》せつけたドレスを、みんなでうっとりとながめていると、ノックの音《おと》がきこえてきました。ジュルナがやってきたのです。

「いらっしゃいませ、ジュルナどの。お直《なお》しはできあがっていますよ」

そういってまねきいれられたジュルナの目《め》に、まっ白《しろ》なドレスがとびこんできました。

「まあ、きれいなドレスね！　……でもまさか、これはわたしの注文《ちゅうもん》したドレスじゃないわよね？」

そのことばに、シルクとナナは顔《かお》をみあわせました。ジュルナが、黒《くろ》以外《いがい》のドレスを着《き》たくないとおもっていることが、すぐにわかったからです。

「いいえ、これがジュルナどののドレスでございます」

コットンからそうきくと、ジュルナはオロオロとしはじめました。

「わたしは魔女《まじょ》なのよ。白《しろ》いドレスなんて着《き》られないわ……」

そのことばに、シルクは首《くび》をふりました。

「黒《くろ》いドレスを着《き》ていったら、カーラはなにも話《はな》してくれなくてよ、ジュルナ」

そして、カーラが、どんなドレスを作《つく》るおさいほう魔女《まじょ》かをジュルナに伝《つた》えたのです。けれど、それをきいたジュルナはもっとオロオロとして、いよいよ自信《じしん》を失《うしな》っていきました。

「黒《くろ》いドレスを作《つく》らないおさいほう魔女《まじょ》だなんて……、そんなかわり者《もの》

のおさいほう魔女《まじょ》の記事《きじ》を、じょうずにかけるわけがないわ。そうでなくても、ファッションのことなんて、わからないのに」
そういって頭《あたま》をかかえこむと、さいごにはこういったのです。
「わたしはもう、クビになったようなものよ。いい記事《きじ》なんて、かけっこないもの。らくだい記者《きしゃ》のまま、クビになるんだわ」
まだカーラにあってもいないうちから、そんなことをいうジュルナに、シルクはあきれました。そしてピンク水晶《すいしょう》の指《ゆび》ぬきをはめると、
お着《き》がえの魔法《まほう》を
ジュルナに

かけたのです。その一瞬《いっしゅん》あとには、ジュルナは白《しろ》いドレに身《み》をつつんでいました。鏡《かがみ》にうつった自分《じぶん》の姿《すがた》をみたジュルナは、おもわず息《いき》をのみます。

ドレスの美《うつく》しさは目《め》をみはるほどでした。そして、白《しろ》いドレスなんて

着《き》たくないといっていたこともわすれて、鏡《かがみ》をのぞきこんだのです。自《じ》分《ぶん》にぴったりに仕立《した》てあげられたドレス。くるりと回《まわ》るとスカートが上《じょう》品《ひん》になみうってひろがりました。

「ああ、このドレス……とっても美《うつく》しいわ。それに、わたしににあっているみたい。黒《くろ》以《い》外《がい》のドレスを着《き》たことは

なかったけれど、黒《くろ》より白《しろ》を着《き》た方《ほう》がきれいになった気《き》がするわ」

そういって、ジュルナはほおをそめました。そのとき、ドレスのすそに美《うつく》しいししゅうがあるのをみつけます。

「まあ！　なんてみごとなししゅう。あ……『S&J《エスアンドジェイ》』……」

ジュルナはハッとなりました。そして、こういったのです。

「『ひみつのおもいでボックス』をあけたのね、シルク。わたしもいま、おもいだしたわ。『ひみつのおもいでボックス』になにをしまったか。そして呪文《じゅもん》もよ。でも、その呪文《じゅもん》のことばで箱《はこ》をあけることは、もうできないのね」

シルクが箱《はこ》をこわしてなかをみた、とおもったジュルナは、ざんねんそうにそういいました。

そんなジュルナに、シルクは、こういいます

「そのししゅうは、ナーデルがしてくれたのよ」

そうきくと、ジュルナは目《め》を丸《まる》くしました。それから、顔《かお》をふせてこういったのです。

「……わたしがまちがっていたわ、シルク。ナーデルのししゅうはほんとうに美《うつく》しい。自分《じぶん》で身《み》にまとってみて、はじめてわかったの。高価《こうか》な宝石《ほうせき》を身《み》につけるより美《うつく》しいくらいよ」

それから、はじいったようすで、こうつづけました。

「ナーデルは、なんておもいやりのある魔女《まじょ》なのかしら。あんな記事《きじ》をかいたわたしのために、ししゅうをしてくれるなんて。それにくらべてわたしは……」

そういって、大《おお》きなため息《いき》をついたのです。
「いまのわたしは、おもいやりのない『らくだい記者《きしゃ》』だわ。箱《はこ》のなかの写真《しゃしん》のころのわたしとは大《おお》ちがい。あのときのわたしは、ナーデルとおなじことをドラゴンにしてあげたのに……、そのきもちをすっかりわすれていたんだわ」
そんなジュルナに、ナナはこうたのみま

した。

「箱《はこ》にしまったおもいでをおもいだしたのなら、その話《はなし》をきかせてちょうだい、ジュルナ」

するとジュルナは、やさしくうなずきました。

「もちろんよ、ナナ」

それは、ちびっ子魔女《こまじょ》ジュルナと、火《ひ》をはく銀色《ぎんいろ》のドラゴンの話《はなし》でした。

10

ジュルナと銀色《ぎんいろ》のドラゴン

「わたしが記者魔女《きしゃまじょ》になるまえに住《す》んでいたのは、とても小《ちい》さな町《まち》だったの」

と、ジュルナは話《はな》しはじめました。

「そこは、野原《のはら》や森《もり》がたくさんのこっていて、ドラゴンたちも住《す》んでいたわ。どのドラゴンも、ことばはしゃべらなかったけれど、おだやかで、町《まち》の人《ひと》と仲《なか》よしだったの。とくに、銀色《ぎんいろ》の毛《け》なみがきれいな火《ひ》ふきドラゴンは、みんなからシルバーってよ

ばれて、たいせつにされていたわ。とても
やさしいドラゴンだったから」
シルクたちは、それが箱《はこ》のなかの
写真《しゃしん》のドラゴンだと、すぐに気《き》づきました。
「でもね」とジュルナは話《はなし》をつづけます。
「あるとき、きゅうにシルバーのきげんが
悪《わる》くなって、顔《かお》をしかめては火《ひ》をはくように
なったのよ。それで、町《まち》のみんなは、
シルバーを、きらうようになってしまった。
わたしも、もともとドラゴンがにがてだったから、シルバーがこわか
った。すがたをみかけると、だれよりもさきに、にげだしたくらいよ」

町《まち》のみんなからつめたくされたシルバーは、さびしくて、ますます乱《らん》暴者《ぼうもの》になっていきました。そんなとき、ジュルナはシルバーの足《あし》にヤマアラシのとげがささっていることに気《き》がついたのです。シルバーは足《あし》がいたくてふきげんになっているにちがいありません。でも、大人《おとな》たちにそういっても、だれもシルバーの足《あし》をみてあげようとはしませんでした。

シルバーが悪《わる》いことをするのには、なんの理由《りゆう》もないとおもいこんでいたからです。

ジュルナは、もし自分《じぶん》がシルバーで、足《あし》にトゲが

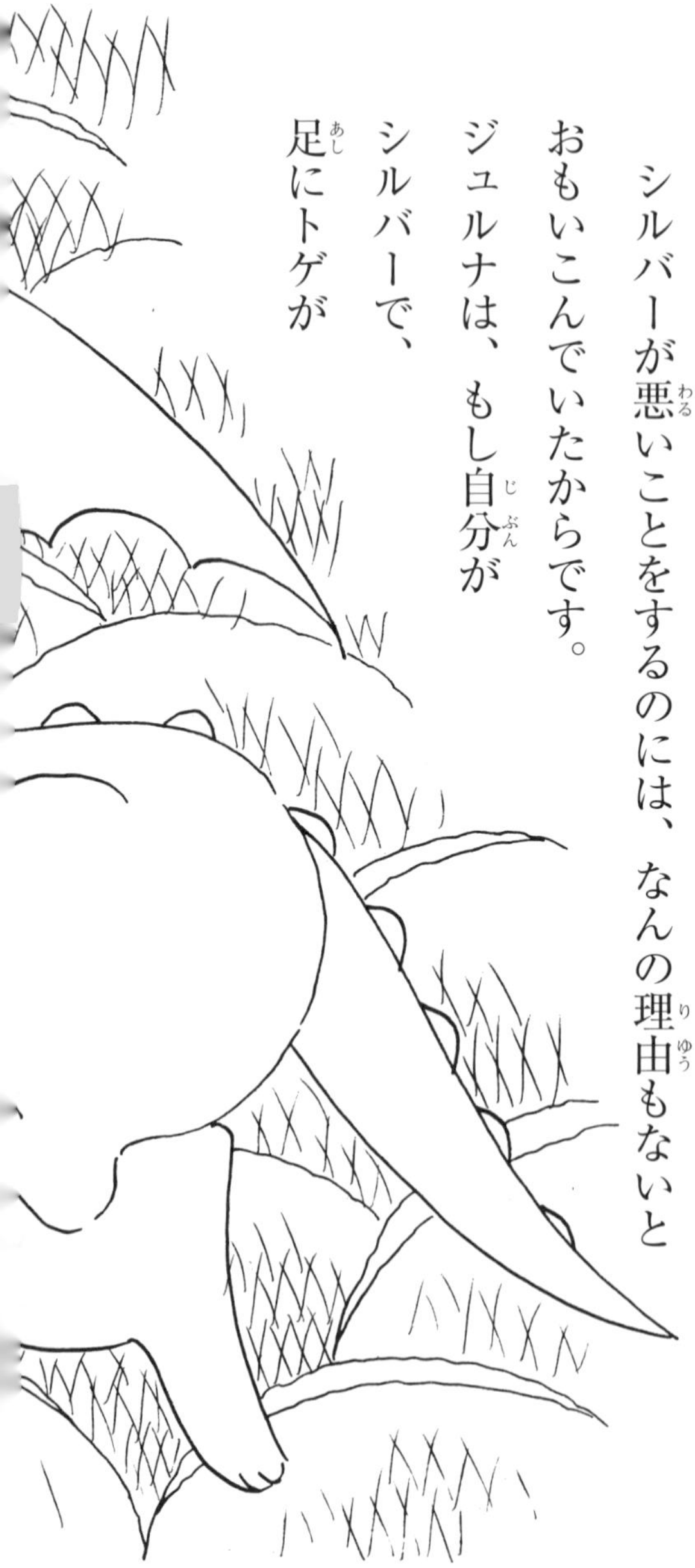

ささったまま、ぬけなかったら、とかんがえると、心《こころ》がおもくなりました。そしてある日《ひ》、とうとうこうおもったのです。「シルバーのことはこわいし、にがてだけど、たすけてあげなくちゃ」って。そして、勇《ゆう》気《き》をだして、自分《じぶん》でシルバーの足《あし》からとげをぬきにいくことにしました。

「もちろん、とてもこわかったわ。でも、トゲをぬいてあげたら、シルバーは、たちまちもとのやさしいドラゴンにもどったの。そしてわたしもシルバーを大好《だいす》きになった。あんなにこわくてにがてだったドラゴンを。それ以来《いらい》、シルバーとわたしは、親友《しんゆう》になったのよ。わたしはシルバーに赤《あか》いくびわをプレゼントしたわ。ちょうどこの『&《アンド》』のししゅう糸《いと》のような赤《あか》よ」

ジュルナの話《はなし》を最後《さいご》まできくと、シルクはあずかっていた「ひみつのおもいでボックス」をジュルナにかえしました。

「箱《はこ》はこわさなかったのよ、ジュルナ。オバケたちになかをのぞいても

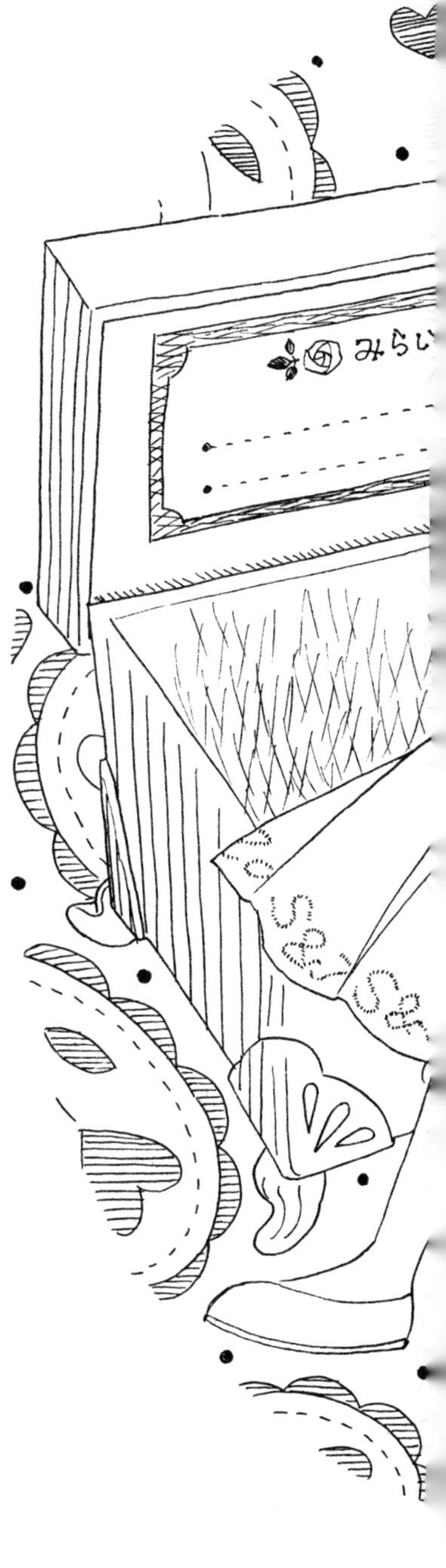

らったから。だから、呪文《じゅもん》のことばであけたらいいわ」

「まあ、ありがとう。シルク」

ジュルナはうれしそうにいいました。そして、おもいだしたばかりの呪文《じゅもん》のことばをそっと口《くち》にしたのです。

「『にがて』を『好き』にかえる魔法《まほう》……」

すると、「ひみつのおもいでボックス」のふたがゆっくりと、ひらいていきました。そのとき、ジュルナの心《こころ》に、ヤマアラシのトゲをしまっ

たときのきもちがよみがえったのです。そんな
ジュルナに、ナナがまたたずねます。

「さっきの呪文《じゅもん》、どういう意味《いみ》なの？　ジュルナ。**『にがて』を『好《す》き』にかえる魔法《まほう》**って？」

すると、ジュルナはにっこりとわらいました。

「これはニンゲンでも使《つか》える魔法《まほう》なのよ。ほんとうの魔法《まほう》じゃないから。わたしがはじめてその魔法《まほう》を使《つか》ったのは、自分《じぶん》がシルバーだったらってかんがえたとき。シルバーが乱暴者《らんぼうもの》になった理由《りゆう》に気《き》づかなければ、わたしもシルバーがこわくて、にがてなままだったかも

しれない。でも、理由《りゆう》に気《き》がついて、シルバーのきもちがわかったから、友《とも》だちになれたでしょ。わたしはそれがうれしくて、相手《あいて》がなにをかんがえているか、なににこまっているか、そういうことのわかる魔女《まじょ》になろうっておもったのよ、ナナ。だってそれは、

まるで**『にがて』を『好《す》き』にかえる魔法《まほう》**だから。そうして、その魔法《まほう》を箱《はこ》にいれて、未来《みらい》のわたしへも、おしえてあげることにしたの。未来《みらい》のわたしが、だれとでも、仲《なか》よしになれるように」

そう話《はな》しながら、ジュルナは気《き》がつきました。

（どの絵《え》にも、画家《がか》がそれをかいた理由《りゆう》がある。もしかしたら、ファッションもそう

なのかしら？　どうしてししゅうをするのか、どうして黒くないドレスばかり作《つく》るのか、それにも理由《りゆう》があるのかしら。その理由《りゆう》がわかれば、シルバーとおなじように、ナーデルやカーラとも仲《なか》よくなれるかもしれないわ。そうなれば、よい記事《きじ》がかけるかも……）

そして、シルクをみつめていいました。

「カーラとあったら、どうして黒《くろ》くないドレスを作《つく》るのか、まっ白《しろ》なきもちでたずねてみるわ。いままでみんなが知《し》らなかったその理由《りゆう》を、きっときだしてみせる。そして、それを記事《きじ》にするつもりよ。その記事《きじ》をよんで、カーラのドレスを着《き》てみようとおもう魔女《まじょ》がひとりでもあらわれたら、うれしいわ。そうできたら、新人画家《しんじんがか》を世《よ》の中《なか》にしょうかいしたのとおなじですもの。もう、らくだい記者《きしゃ》なんて呼《よ》ばせないわ」

11

白《しら》雪《ゆき》のドレス

こうしてとうとう、インタビューの日《ひ》がやってきました。ジュルナはシルクがリフォームした白《しろ》いドレスを着《き》ると、その上《うえ》から黒《くろ》いコートをはおって、ほうきでとび立《た》ちました。

もちろん、インタビューははじめからうまくいったわけではありません。カーラははじめ、ジュルナをみようとさえしなかったからです。そして、こんなことをいいました。

「ふんっ！　どうせ、なんでそんな

ヘンテコな色《いろ》の服《ふく》ばかり作《つく》るのかって、ききにきたんでしょ？」

そういわれたジュルナは、だまって黒《くろ》いコートをぬぎました。

コートの下《した》にあらわれたのは、まっ白《しろ》なドレスです。白《しろ》いドレスにおどろいているカーラに、ジュルナはこうこたえました。

「いいえ、おさいほう魔女《まじょ》カーラ。わたしはそんなふうにはききません。

いろいろな色《いろ》の魔女《まじょ》ドレスにこめた意味《いみ》をおしえてください。わたしはそれがききたいんです。そして、それをみんなに伝《つた》えたいんです。わたしは記者魔女《きしゃまじょ》ですから」

そのことばに、カーラはよろこびました。

そして、服《ふく》にこめた意味《いみ》をジュルナに話《はな》してくれたのです。

「髪《かみ》の色《いろ》や目《め》の色《いろ》はみんなちがうでしょ？
みんなちがって、

みんなすてき。だから、それぞれ自分《じぶん》の美《うつく》しさをきわだたせる色《いろ》のドレスを着《き》てほしいの。

そうすることをえんりょしたり、こわがったりしないでほしいだけ。黒《くろ》がにあう魔女《まじょ》ばかりじゃないでしょ？　それに、この世《よ》の中《なか》には、黒以外《くろいがい》にもすてきな色《いろ》がたくさんあるのよ。だから、とくべつな日《ひ》や、だれにもあわない日《ひ》だけでも、黒《くろ》じゃない色《いろ》を着《き》てみたらどうかしら？

きっと自分《じぶん》のあたらしい面《めん》をみつけてワクワクしたり、自由《じゆう》な気分《きぶん》をたのしめたりできるわ。それに、みんなでおなじ色《いろ》のドレスを着《き》ていなくても信頼《しんらい》できるし、友《とも》だちにもなれるって気《き》がつくはずよ」

カーラのことばに、ジュルナはじっと耳《みみ》をかたむけました。そして、カーラがほかの魔女《まじょ》たちを、ドレスで元気《げんき》づけようとしていると気《き》がついたのです。

（このことを読者《どくしゃ》の魔女《まじょ》たちにも伝《つた》えよう。きっとみんな、黒《くろ》くないドレスを着《き》てみようとおもうはずだわ）

そうおもうと、ジュルナは、ワクワクしました。

そんなジュルナを、カーラはうっとりとみつめています。

「それにしたってジュルナ。そのドレスは、すごくあんたににあっているじゃない。あんたのきもちのようにまっ白《しろ》だしね」

そして、立《た》ちあがると、こうつづけたのです。

「まっ白《しろ》なきもちでいれば、こうじゃないかっていう勝手《かって》なおもいこみをしたり、むかしからこうきまってる、なんてことをいわなくなるわ。まっ白《しろ》なきもちっていうのは、ふりつもったばかりの白雪《しらゆき》のようなきもちのことよ。まだ自分以外《じぶんいがい》のだれの足《あし》あともついていない雪《ゆき》の野原《のはら》を想像《そうぞう》してごらんなさいな。そんなきもちで人《ひと》とむきあえるなんて、すばらしいじゃない」

ジュルナは、このときのきもちをずっとわすれずにいようとおもいま

した。それから白《しら》雪《ゆき》のようなまっ白《しろ》なきもちで、カーラの記事《きじ》をかきあげたのです。

その記事《きじ》は、「魔女《まじょ》カルチャー」を

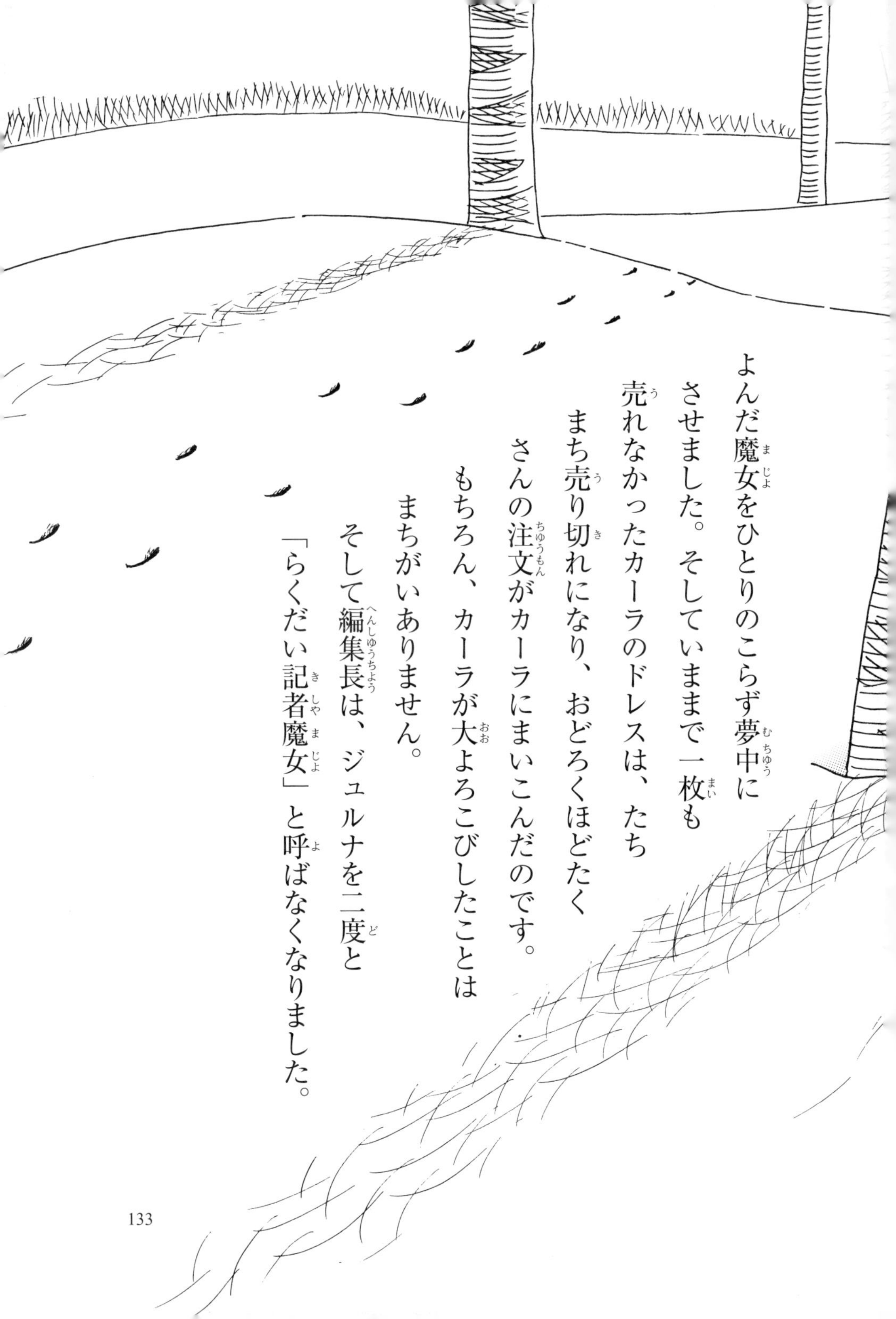

よんだ魔女《まじょ》をひとりのこらず夢中《むちゅう》にさせました。そしていままで一枚《まい》も売《う》れなかったカーラのドレスは、たちまち売《う》り切《き》れになり、おどろくほどたくさんの注文《ちゅうもん》がカーラにまいこんだのです。もちろん、カーラが大《おお》よろこびしたことはまちがいありません。

そして編集長《へんしゅうちょう》は、ジュルナを二度《ど》と「らくだい記者魔女《きしゃまじょ》」と呼《よ》ばなくなりました。

12

シルクの「ひみつのおもいでボックス」

それからしばらくしたある日《ひ》のこと。

ナナがリフォーム支店《してん》へいくと、シルクとコットンが手紙《てがみ》をよんでいました。

「これはいらっしゃいませ、ナナさま。いま、ジュルナどのから手紙《てがみ》がとどいたところでございます。すてきな写真《しゃしん》もはいっておりますよ」

「わあ、みせて！」

ナナがのぞきこんださきには、ジ

ュルナがナーデルとカーラと三人《にん》で、仲《なか》よくうつっている写真《しゃしん》がありました。

「よかった。ナーデルとも仲直《なかなお》りできたのね」

コットンもうれしそうにうなずいています。

「ジュルナどのは、いまでは美術《びじゅつ》やファッションだけでなく、いろいろな記事《きじ》をかいているそうでございます」

ジュルナからの手紙《てがみ》には、世《よ》の中《なか》にいろいろなかんがえ方《かた》があること。そしてそれを伝《つた》える記事《きじ》をかくのが楽《たの》しい、とかいてありました。

「ジュルナは、『**にがて**』を『**好《す》き**』に**かえる魔法《まほう》**をじょうずに使《つか》っているようね」

ナナがそういうと、シルクは肩《かた》をすくめただけでした。でも、コット

ンはうれしそうにうなずいています。

「そうでございますとも、ナナさま。さあ、そろそろお茶《ちゃ》の用意《ようい》をいたしましょう」

コットンは手紙《てがみ》を封筒《ふうとう》にしまうと、キッチンへとむかいました。

「わたしも手伝《てつだ》うわ」

そんなナナとコットンに、シルクがこういいます。

「きょうは秋《あき》つみのダージリンをのんでみようかしら。わたしにも『**にがて**』を『**好《す》き**』**にかえる魔法《まほう》**がきくかもしれないから」

そうきいて、コットンは目《め》を丸《まる》くしました。

「そうですとも、シルクさま。きっと

お気《き》にめしますよ」

それから、キッチンへはいると、

コットンは小《ちい》さな声《こえ》でナナにいいました。

「じつは、シルクさまの『ひみつのおもいで

ボックス』の中身《なかみ》も、オバケの

ポーがおしえてくれました」

「まあっ！　ポーったら、やっぱり

こっそりのぞいてたのね。

それで、なにがはいっていたの？」

「それが、おかしなものがはいっ

ていたのでございます」

そういって、コットンはクスリとわらいました。

シルクが箱《はこ》にしまった宝物《たからもの》は、ちびたえんぴつだったのです。それは、えんぴつホルダーにはさんで、さいごの一センチになるまでけずって使《つか》ったえんぴつでした。それが箱《はこ》いっぱいに、はいっていたのです。

「そんなにたくさん、なにをかいたのかしら?」

ナナが首《くび》をかしげると、コットンは
まるで自分《じぶん》のことのように、ほこらしげにこういいました。
「はい、ナナさま。きっとシルクさまは、デザイン画《が》を山《やま》ほどおかきになったのでしょう。箱《はこ》のなかのメッセージカードには、こうかいてあったそうでございます」

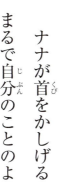

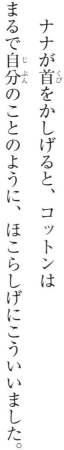

◎未来《みらい》のわたしへのメッセージ◎
おさいほう魔《ま》女《じょ》になるまで、ぜったいにあきらめない！
がんばった分《ぶん》だけうまくなる。

そして、こうつづけたのです。

「いまのシルクさまには、箱《はこ》をあけるひつようはありません。でもいつか、すごくおちこんだり、自信《じしん》をなくしたりするときがきたら、きっとこのおもいでが、はげましになることでございましょう」

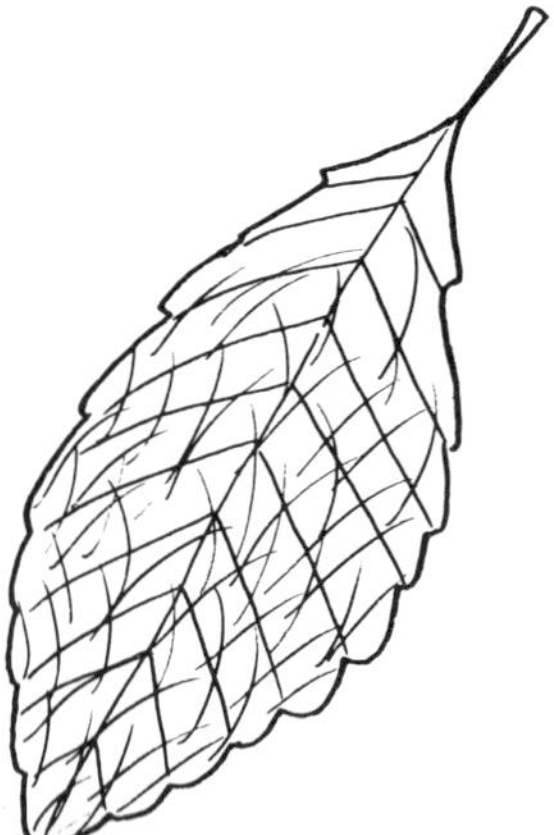

ナナも、にっこりとわらってうなずきました。

そして、自分《じぶん》は「ひみつのおもいでボックス」を、もっていないけれど、心《こころ》のなかにおなじような箱《はこ》がたくさんあるような気《き》がしたのです。いままで気《き》づいたいろいろなことが、ひとつずつたいせつにしまってある箱《はこ》。その箱《はこ》の中身《なかみ》を、ずっとわすれずにいよう、ナナはそうおもったのでした。

そんなナナたちを、秋《あき》つみのダージリンの香《かお》りがやさしくつつみこんでいきました。

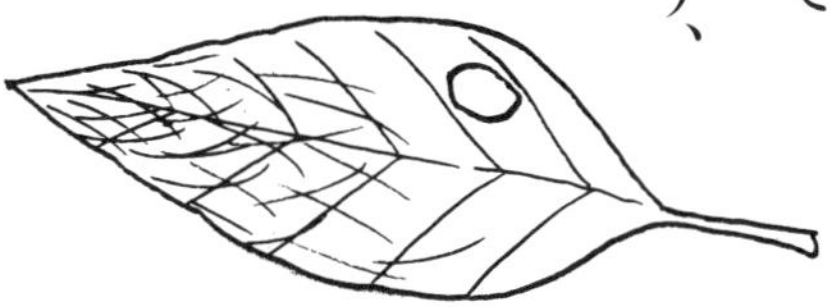

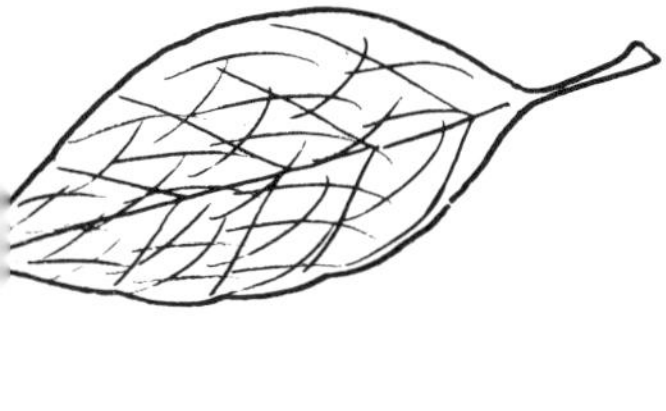

ファッション Tea Room

ファッションの色《いろ》をたのしむ

きょうは
なに色《いろ》のドレスを
着《き》たいきぶん？

Purple

〜むらさき〜

ミステリアスな色《いろ》。
上品《じょうひん》に着《き》こなせば
おじょうさま風《ふう》に。

いろいろな
カラーを
着《き》こなして
くださいませ。

Black

〜くろ〜

オシャレが大好《だいす》きな
ひとなら、だれでも
１まいは黒《くろ》いドレス
をもっているもの。

みんなを
ハッピーにしたい！
そんなあなたに
ぴったり！

自分《じぶん》に自信《じしん》を
もちたいときに
おすすめの
色《いろ》よ！

Red
~あか~

「どうしよう、自信《じしん》
ない…」そんな時《とき》
には赤《あか》い服《ふく》を選《えら》んで。
たべものをおいしく感《かん》じる
ききめもあるからエプロン
にもぴったりよ。

たんぽぽカーニバルへ
いくなら黄色《きいろ》のドレス。
だれとでも仲《なか》よしに
なれちゃう色《いろ》なの。

Pink
~ピンク~

みているとハッピーなきもちに
なっちゃう、そんなききめが
ピンクにはあるの。だから
おいわいや仲《なか》なおりの時《とき》には
おすすめ。もちろんデートにも。

Yellow
~きいろ~

レモンをイメージさせるきいろは
「ビタミンカラー」ってよばれる色《いろ》。
みにつければ元気《げんき》いっぱいにみえ
るわ。フレンドリーではなしかけ
やすいイメージになれちゃうの。

あんびるやすこ

群馬県生まれ。東海大学文学部日本文学科卒業。テレビアニメーションの美術設定を担当。その後、玩具の企画デザインの仕事に携わり、絵本、児童書の創作活動に入る。主な作品に、『せかいいちおいしいレストラン』「こじまのもり」シリーズ（共にひさかたチャイルド）「魔法の庭ものがたり」シリーズ（ポプラ社）『妖精の家具、おつくりします。』『妖精のぼうし、おゆずりします。』（PHP研究所）「なんでも魔女商会」「ルルとララ」「アンティークFUGA」シリーズ（いずれも岩崎書店）「ムーンヒルズ魔法宝石店」シリーズ（講談社）などがある。

ホームページ：http://www.ambiru-yasuko.com/

お手紙お待ちしてます！
いただいたお手紙は作者におわたしいたします。
〒112-0005 東京都文京区水道1-9-2
（株）岩崎書店「なんでも魔女商会」係

おはなしガーデン55
なんでも魔女商会26
らくだい記者と白雪のドレス

二〇一八年十二月三十一日　第一刷発行

著　者　あんびるやすこ
発行者　岩崎弘明　編集　島岡理恵子
発行所　株式会社岩崎書店
〒一一二―〇〇〇五
東京都文京区水道一―九―二
電話　〇三―三八一二―九一三一（営業）
〇三―三八一三―五五二六（編集）
振替　〇〇一七〇―五―九六八二二
印　刷　株式会社精興社
製　本　株式会社若林製本工場
NDC913　ISBN978-4-265-04566-2

Published by IWASAKI Publishing Co.,Ltd.
Printed in Japan.

ご感想ご意見をお寄せ下さい。
Email: info@iwasakishoten.co.jp
岩崎書店ホームページ　http://www.iwasakishoten.co.jp
乱丁本・落丁本はおとりかえいたします。

TLE WITCH CO.♥ LITTLE WITCH CO.♥LITT
H CO.♥LITTLE WITCH CO.♥LITTLE WITCH
♥LITTLE WITCH CO.♥ LITTLE WITCH CO.♥
WITCH CO.♥LITTLE WITCH CO.♥LITTLE W
E WITCH CO.♥ LITTLE WITCH CO.♥LITTLE
CO.♥LITTLE WITCH CO.♥LITTLE WITCH CO
LITTLE WITCH CO.♥ LITTLE WITCH CO.♥L
ITCH CO.♥LITTLE WITCH CO.♥LITTLE WIT
LE WITCH CO.♥ LITTLE WITCH CO.♥LITT
H CO.♥LITTLE WITCH CO.♥LITTLE WITCH
TTLE WITCH CO.♥ LITTLE WITCH CO.♥LIT
TCH CO.♥LITTLE WITCH CO.♥LITTLE WITC
TLE WITCH CO.♥ LITTLE WITCH CO.♥LITT
H CO.♥LITTLE WITCH CO.♥LITTLE WITCH
LITTLE WITCH CO.♥ LITTLE WITCH CO.♥
VITCH CO.♥LITTLE WITCH CO.♥LITTLE W
WITCH CO.♥ LITTLE WITCH CO.♥LITTLE
O.♥LITTLE WITCH CO.♥LITTLE WITCH CO
TTLE WITCH CO.♥ LITTLE WITCH CO.♥LI
TCH CO.♥LITTLE WITCH CO.♥LITTLE WIT
E WITCH CO.♥ LITTLE WITCH CO.♥LITTLE
CO.♥LITTLE WITCH CO.♥LITTLE WITCH C
TLE WITCH CO.♥ LITTLE WITCH CO.♥LITT
H CO.♥LITTLE WITCH CO.♥LITTLE WITCH
WITCH CO.♥ LITTLE WITCH CO.♥LITTLE
O.♥LITTLE WITCH CO.♥LITTLE WITCH CO
LE WITCH CO.♥ LITTLE WITCH CO.♥LITT
I CO.♥LITTLE WITCH CO.♥LITTLE WITCH
WITCH CO.♥ LITTLE WITCH CO.♥LITTLE
O.♥LITTLE WITCH CO.♥LITTLE WITCH C
TTLE WITCH CO.♥ LITTLE WITCH CO.♥LI
CH CO.♥LITTLE WITCH CO.♥LITTLE WIT